JOSEPH CONRAD

Os duelistas

Tradução de ANDRÉ DE GODOY VIEIRA

Janayna Rodrigues

www.lpm.com.br

L&PM POCKET

Coleção **L&PM** Pocket, vol. 705

Título original: *The Duel*

Primeira edição na Coleção **L&PM** POCKET: julho de 2008

Tradução: André de Godoy Vieira
Capa: Marco Cena
Preparação: Patrícia Yurgel
Revisão: Elisângela Rosa dos Santos

CIP-Brasil. Catalogação-na-fonte
Sindicato Nacional dos Editores de Livros, RJ

C764d Conrad, Joseph, 1857-1924
Os duelistas / Joseph Conrad ; tradução de André de Godoy Vieira. – Porto Alegre, RS: L&PM, 2008.
136p.; – (L&PM Pocket; 705)

Tradução de: *The Duel*
ISBN 978-85-254-1787-9

1. Ficção inglesa. I. Vieira, André de Godoy. II. Título. III. Série.

08-2725. CDD: 823
CDU: 821.111-3

Rua Comendador Coruja 314, loja 9 – Floresta – 90220-180
Porto Alegre – RS – Brasil / Fone: 51.3225.5777 – Fax: 51.3221-5380

Pedidos & Depto. comercial: vendas@lpm.com.br
Fale conosco: info@lpm.com.br
www.lpm.com.br

Impresso no Brasil
Inverno de 2008

I

Napoleão I, cuja carreira teve o caráter de um duelo travado contra toda a Europa, repudiava duelos entre os oficiais de seu exército. O grande imperador militar não era um fanfarrão e guardava pouco respeito às tradições.

Todavia, a história de um duelo, que se tornou lendária no exército, atravessa a epopéia das guerras imperiais. Para surpresa e admiração dos companheiros, dois oficiais – como artistas tresloucados que se esforçassem por dourar o ouro fino ou pintar o lírio – deram início a uma disputa particular que se estendeu ao longo de todos aqueles anos de carnificina universal. Eram oficiais da cavalaria, e sua ligação com o brioso mas extravagante animal que conduz os homens à guerra parece particularmente apropriada. Seria difícil imaginar como heróis dessa lenda dois oficiais da infantaria, por exemplo, cuja fantasia é domesticada pelos muitos exercícios de marcha e cujo valor há de ser forçosamente de um tipo mais laborioso. Quanto aos artilheiros ou engenheiros, cujas mentes conservam-se serenas por uma dieta à base de matemática, isso seria simplesmente impensável.

Féraud e D'Hubert eram seus nomes, e ambos eram tenentes da cavalaria dos hussardos, embora não fossem do mesmo regimento.

Féraud ocupava-se do trabalho regimental, mas o tenente D'Hubert teve a boa sorte de, na qualidade de *officier d'ordonnance*[1], ser adido à comitiva do general que comandava a divisão. Estavam instalados em Estrasburgo e, nessa agradável e importante guarnição, desfrutavam formidavelmente de um breve intervalo de paz. Desfrutavam-no apesar de seu espírito intensamente belicoso, porque aquela era uma trégua em meio à qual se afiavam espadas e limpavam mosquetes, que era cara ao coração militar e não trazia prejuízo para o prestígio das forças armadas, de forma que ninguém acreditava em sua sinceridade ou duração.

Sob essas circunstâncias históricas, tão favoráveis à justa apreciação do ócio militar, o tenente D'Hubert, numa bela tarde, dirigiu-se pela rua sossegada de um animado subúrbio até o alojamento do tenente Féraud, situado em uma casa particular com jardim aos fundos, pertencente a uma velha solteirona.

Sua batida à porta foi de pronto atendida por uma jovem criada vestida com trajes alsacianos. A tez viçosa e os longos cílios da moça, baixados com recato à vista daquele oficial de elevada estatura, induziram o tenente D'Hubert, que era suscetível às impressões estéticas, a relaxar a fria e severa gravidade de seu rosto. Ao mesmo tempo, notou que a moça trazia sobre o braço um par de calças de hussardo, azuis com uma listra vermelha.

---

1. Oficial do estado-maior do Exército francês que atuava como ajudante-de-campo. (N.T.)

– O tenente Féraud está? – perguntou com benevolência.

– Oh, não, senhor. Saiu às seis da manhã.

A bela jovem tentou fechar a porta. Opondo-se a seu movimento com suave firmeza, o tenente D'Hubert penetrou no vestíbulo, fazendo retinir suas esporas.

– Vamos, minha cara! Não me diga que está fora de casa desde as seis da matina...

Ao pronunciar essas palavras, o tenente D'Hubert, sem a menor cerimônia, abriu a porta de um quarto tão confortável e impecavelmente ordenado que só a prova intrínseca constituída por botas, uniformes e acessórios militares pôde convencê-lo de que se encontrava nos aposentos do tenente Féraud. A sincera criada, que o havia seguido, ergueu os cândidos olhos até seu rosto.

– Hum... – suspirou o tenente D'Hubert, bastante desapontado, pois já havia visitado todos os antros onde um tenente dos hussardos poderia ser encontrado em uma bela tarde. – Então ele saiu? E por acaso saberia me dizer, minha cara, por que é que foi sair às seis da manhã?

– Não – respondeu a jovem, de pronto. – Ele chegou tarde em casa na noite passada e roncou. Pude ouvi-lo quando levantei, às cinco. Então vestiu seu uniforme mais velho e saiu. A serviço, suponho.

– A serviço? De maneira nenhuma! – gritou o tenente D'Hubert. – Saiba, meu anjo, que saiu cedo assim para se bater em duelo com um civil.

Ela ouviu a notícia sem o menor tremor de seus longos cílios negros. Era bastante óbvio que, de um modo geral, as ações do tenente Féraud estavam acima de qualquer crítica. Limitou-se a erguer por um momento os olhos em muda surpresa, e dessa ausência de emoção o tenente D'Hubert concluiu que a jovem devia ter visto o tenente Féraud em algum momento do dia. Ele olhou em volta do quarto.

– Vamos! – insistiu o oficial, com íntima familiaridade. – Quem sabe não está em algum outro lugar da casa?

Ela meneou a cabeça em sinal negativo.

– Tanto pior para ele! – prosseguiu o tenente, num tom de ansiosa convicção. – Mas ele esteve em casa nesta manhã.

Dessa vez, a bela jovem assentiu com um ligeiro movimento da cabeça.

– Esteve! – exclamou o tenente D'Hubert. – E tornou a sair? Para quê? Por que não pôde ficar tranqüilo em casa? Que lunático! Minha cara jovem...

A natural amabilidade de caráter e o forte sentimento de companheirismo aguçavam os poderes de observação do tenente D'Hubert. Mudou o tom de voz, imprimindo-lhe a suavidade mais insinuante e, fitando as calças de hussardo que pendiam do braço da jovem, recorreu ao interesse que ela demonstrava pelo conforto e pela felicidade do tenente Féraud. Foi insistente e persuasivo. Usou seus olhos, que eram bondosos e belos, com excelente efeito. Sua ânsia por encontrar logo o tenente Féraud, para o próprio bem deste, parecia tão genuína que acabou por vencer a relutância da jovem em falar. Infelizmente, não havia muito o que dizer. O tenente Féraud voltara para casa pouco antes das dez, dirigira-se direto para o seu quarto e atirara-se sobre a cama para reencontrar o sono perdido. Ela o escutara roncar ainda mais alto que de costume. Então ele se pôs de pé, envergou seu melhor uniforme e saiu. Era tudo o que ela sabia.

A moça ergueu os olhos, e o tenente D'Hubert fitou-os com incredulidade.

– É incrível. Sair desfilando pela cidade com seu melhor uniforme! Minha cara menina, então não sabe que atravessou aquele civil com sua espada esta manhã? De parte a parte, como se espeta uma lebre.

A bela jovem recebeu a terrível notícia sem demonstrar o menor sinal de aflição. Mas apertou os lábios com ar pensativo.

– Ele não anda desfilando pela cidade – comentou ela em voz baixa. – Longe disso.

– Os parentes do civil estão promovendo um tremendo alvoroço – continuou o tenente D'Hubert, seguindo o fio de seu pensamento. – E o general está enfurecido. É uma das melhores famílias da cidade. Féraud deveria, pelo menos, manter-se à disposição...

– O que o general fará com ele? – indagou a jovem de forma aflita.

– Não lhe cortarão a cabeça, por certo – rosnou o tenente D'Hubert. – Sua conduta é absolutamente indecente. Com esse tipo de bravata, está arranjando para si próprio complicações que não acabam mais.

– Mas ele não anda desfilando pela cidade – insistiu a moça, num tímido murmúrio.

– Ora, claro! Pensando bem, não o vi em parte alguma. Onde diabo terá se metido?

– Foi fazer uma visita – sugeriu a jovem, após um instante de silêncio.

O tenente D'Hubert teve um sobressalto.

– Uma visita! Quer dizer uma visita a uma dama? O atrevimento desse homem! E como sabe disso, minha cara?

Sem esconder seu desprezo de mulher pela obtusidade da mente masculina, a bela jovem lembrou-o de que o tenente Féraud vestira seu melhor uniforme antes de sair. Pusera inclusive seu mais novo dólmã, acrescentou, como se a conversa estivesse exaurindo sua paciência, e voltou-lhe as costas com brusquidão.

Sem questionar a acuidade da dedução, o tenente D'Hubert não percebeu quanto ela o fazia avançar em sua investigação oficial. Porque sua busca do tenente Féraud tinha, com efeito, um caráter oficial. Não conhecia nenhuma das mulheres a quem esse indivíduo, que na mesma manhã havia trespassado um homem, poderia ter ido visitar à tarde. Perplexo, mordeu o dedo enluvado.

– Uma visita! – exclamou. – Uma visita ao diabo!

A moça, estando de costas para ele e dobrando as calças de hussardo sobre uma cadeira, protestou com um risinho contrariado:

– Oh, não, por Deus! À Madame de Lionne.

O tenente D'Hubert desprendeu um ligeiro assobio. Madame de Lionne era a esposa de um alto oficial; mantinha um reputado salão e algumas pretensões ao bom gosto e à elegância. O marido era civil e velho, mas a sociedade que freqüentava o salão era composta por gente jovem e militares. O tenente D'Hubert assobiara não porque lhe desagradasse a idéia de procurar o tenente Féraud justo naquele salão, mas porque, tendo chegado a Estrasburgo havia pouco, não tivera oportunidade de ser apresentado à Madame de Lionne. E o que estaria fazendo lá aquele fanfarrão do Féraud – indagava-se. Não parecia o tipo de homem que...

– Tem certeza do que está dizendo? – perguntou o tenente D'Hubert.

A jovem tinha plena certeza. Sem se virar para olhá-lo, explicou que o cocheiro da casa vizinha conhecia o *maître d'hotel* de Madame de Lionne. Era por essa via que obtinha suas informações. E estava perfeitamente segura de sua veracidade. Ao afirmá-lo, emitiu um suspiro. O tenente Féraud ia lá quase todas as tardes, ajuntou.

– Ora, ora! – exclamou D'Hubert com ironia. Madame de Lionne acabava de descer vários degraus em seu conceito. Não lhe parecia que o tenente Féraud fosse particularmente merecedor de atenção por parte de uma mulher de tão reputados bom gosto e elegância. Mas quem haveria de saber? No fundo, eram todas iguais – muito mais práticas que idealistas. O tenente D'Hubert, contudo, não permitiu que sua mente se detivesse em tais considerações.

– Raios! – refletiu em voz alta. – O general vai lá de vez em quando. Se acontece de ele encontrar esse sujeito lançando olhares para a dama, vai ser o diabo! Nosso general não é pessoa das mais complacentes, posso lhe assegurar.

– Vá depressa, então! Não fique aí parado, agora que lhe contei onde ele está! – gritou a jovem, corando até os olhos.

– Obrigado, minha cara! Não sei o que teria feito sem você.

Após manifestar sua gratidão de um modo agressivo, a princípio repelida com violência, mas logo acolhida com uma súbita e ainda mais repulsiva indiferença, o tenente D'Hubert retirou-se.

Com um retinir de sabres e esporas, avançou pelas ruas com marcial arrogância. Sair à cata de um companheiro em uma sala de recepção onde nada mais era que um ilustre desconhecido não lhe causava o menor constrangimento. O uniforme é um salvo-conduto. Sua posição de *officier d'ordonnance* do general aumentava-lhe a autoconfiança. Ademais, agora que sabia onde encontrar o tenente Féraud, não lhe restava outra opção. Ordens eram ordens.

A casa de Madame de Lionne apresentava excelente aspecto. Um homem trajando libré, ao abrir a porta de um amplo salão com piso encerado, anunciou a plenos pulmões o nome de D'Hubert e pôs-se de lado a fim de lhe dar passagem. Era dia de recepção. As damas vestiam grandes chapéus sobrecarregados com uma profusão de plumas; seus corpos, embainhados em justíssimos vestidos brancos que se estendiam das axilas até as pontas dos baixos sapatos de seda, conferiam-lhes o aspecto de frescas sílfides em uma magnífica exibição de pescoços e braços nus. Em contrapartida, os homens que com elas conversavam estavam enfeitados com pesadas vestes multicores, dotadas de colarinhos que lhes alcançavam as orelhas e grossas faixas em volta da cintura. O tenente D'Hubert cruzou impassível o salão, inclinando-se com reverência ante uma figura de sílfide recostada num divã, e apresentou suas escusas pela intromissão, que nada podia justificar exceto a extrema urgência da ordem oficial que devia comunicar a seu camarada Féraud. Propôs-se a ali voltar em breve, em uma ocasião mais apropriada, e rogou perdão por interromper o interessante colóquio...

Um braço nu foi estendido em sua direção com graciosa indiferença antes mesmo que ele terminasse de falar. Pressionou a mão contra seus lábios em um gesto respeitoso, observando mentalmente quanto era ossuda. Madame de Lionne era loura, de pele demasiado fina e rosto longo.

– *C'est ça!*[2] – disse ela com um sorriso etéreo que revelava seus grandes dentes. – Venha esta noite implorar seu perdão.

– Não faltarei, madame.

Nesse ínterim, o tenente Féraud, esplêndido em seu novo dólmã e com as botas extremamente polidas para a ocasião, estava sentado em uma cadeira a pequena distância do divã, com uma mão repousada sobre a coxa e a outra ocupada em torcer a ponta do bigode. A um sugestivo olhar de D'Hubert, levantou-se sem entusiasmo e o seguiu até a proximidade de uma janela.

– Que quer de mim? – perguntou ele com desconcertante indiferença.

O tenente D'Hubert não podia imaginar que, na inocência de seu coração e na simplicidade de sua consciência, o tenente Féraud tivesse do duelo uma visão na qual não havia lugar nem para o remorso, nem para uma apreensão racional das conseqüências que poderia acarretar. Embora não recordasse com clareza o que originara a rixa (ela tivera início num estabelecimento

2. Muito bem! Em francês no original. (N.T.)

onde cerveja e vinho eram bebidos até altas horas da noite), não lhe restava a menor dúvida de que fora ele a parte ofendida. Tivera por padrinhos dois amigos experimentados. Tudo havia sido feito de acordo com as regras que regem esse gênero de aventuras. E, claro, duelos são travados com o propósito de que alguém seja, se não morto, ao menos ferido. O civil fora ferido. Tudo estava em ordem. Féraud sentia-se perfeitamente tranqüilo, mas o tenente D'Hubert, tomando sua tranqüilidade por afetação, pronunciou-se com certa vivacidade:

– Fui instruído pelo general a ordenar que retorne sem demora a seu alojamento e lá permaneça detido.

Agora era a vez de o tenente Féraud sentir-se desconcertado.

– Que diabo está me dizendo? – murmurou ele, logo caindo em tão profunda estupefação que só pôde seguir mecanicamente os movimentos do tenente D'Hubert.

Os dois oficiais – um alto, de rosto interessante e bigode da cor do milho maduro; o outro pequeno e robusto, com o nariz adunco e uma cabeleira de cachos negros – aproximaram-se da dona da casa para se despedir. Madame de Lionne, mulher de gosto eclético, sorriu para aqueles dois jovens armados com imparcial sensibilidade e igual parcela de interesse: deleitava-se com a infinita variedade da espécie humana. Todos os outros olhos do salão seguiram os oficiais que se retiravam; e, após sua partida, um ou dois homens que já tinham ouvido falar do duelo partilharam a informação com as silfídicas damas, que a receberam com gritos débeis de humana consternação.

Enquanto isso, os dois oficiais hussardos caminhavam lado a lado: o tenente Féraud procurando dominar a razão oculta das coisas que, naquela ocasião, escapavam ao alcance de seu intelecto; o tenente D'Hubert sentindo-se aborrecido com o papel que deveria representar, porque as instruções do general eram de que se certificasse pessoalmente de que o tenente Féraud cumpriria suas ordens à risca e sem delongas.

"O chefe parece conhecer esse animal", pensou ele, examinando sua companhia, cujo rosto redondo, os olhos redondos e mesmo o pequeno bigode de azeviche retorcido pareciam animados por certa exasperação mental ante o incompreensível. E observou em voz alta, em tom um tanto repreensivo:

– O general está furioso com você!

Ao ouvi-lo, o tenente Féraud estancou abruptamente à beira da calçada e, com uma inflexão de inequívoca sinceridade, exclamou:

– Mas por que cargas d'água?

A inocência do espírito ardente de gascão refletia-se na maneira como segurava a cabeça com ambas as mãos, como para impedir que rebentasse de perplexidade.

– Por causa do duelo – respondeu em tom seco o tenente D'Hubert. Irritava-o profundamente aquele tipo perverso de pilhéria.

– O duelo! O...

O tenente Féraud passava de um paroxismo de assombro a outro. Deixou cair as mãos e pôs-se a caminhar a passos lentos, tentando conciliar a informação que acabara de receber com o estado de seus sentimentos. Era impossível. Explodiu, então, indignado:

– Quer dizer então que eu deveria ter deixado aquele civil comedor de chucrute limpar suas botas no uniforme do sétimo regimento dos hussardos?

O tenente D'Hubert não podia permanecer de todo indiferente a esse singelo sentimento. O sujeitinho era um lunático, pensou de si para si, mas havia um quê de verdade no que dizia.

– Naturalmente, não sei até que ponto sua atitude foi justificada – começou em um tom confortador. – E talvez o próprio general não esteja bem-informado. Essa gente está ensurdecendo-o com suas lamentações.

– Ah! O general não está bem-informado – resmungou o tenente Féraud, estugando o passo à medida que aumentava a cólera ante a injustiça de seu destino. – Não está bem-infor... e ainda assim ordena minha detenção, sabe Deus com que conseqüências!

– Não se irrite assim – recomendou o outro. – A família de seu adversário é muito influente, como sabe, e isso por si só já é bastante ruim. O general teve de acolher de imediato as reclamações que lhe apresentaram. Mas não creio que pretenda ser demasiado severo com você. O melhor que tem a fazer é desaparecer por uns tempos.

– Sou muitíssimo grato ao general – resmungou entre dentes o tenente Féraud. – E talvez você diga que também lhe deveria ser grato por ter se dado o trabalho de ir atrás de mim no salão de uma dama que...

– Francamente – interrompeu o tenente D'Hubert com uma risada inocente –, creio mesmo que deveria. Passei por inúmeras dificuldades até descobrir seu paradeiro. Não era o lugar mais apropriado para que passasse o tempo, dadas as circunstâncias. E se o general o tivesse surpreendido ali, lançando olhares para a deusa do templo? Oh, palavra de honra!... Bem sabe como ele odeia ser importunado com reclamações contra seus oficiais. E dessa vez, excepcionalmente, tudo parecia mera bravata.

Os dois oficiais haviam chegado agora à porta da casa onde estava alojado o tenente Féraud. Este virou-se para seu acompanhante.

– Tenente D'Hubert – disse ele –, tenho algo a lhe dizer, mas não posso fazê-lo aqui na rua. Não poderá se recusar a subir.

A bela criada havia aberto a porta. O tenente Féraud, ao passar por ela com um movimento brusco, roçou-a de leve, e a jovem ergueu os olhos assustados e interrogativos para o tenente D'Hubert, que nada pôde fazer senão encolher levemente os ombros, enquanto seguia o outro com nítida relutância.

Em seu quarto, o tenente Féraud desprendeu a fivela do dólmã novo, atirou-o sobre a cama e, cruzando os braços sobre o peito, virou-se para o outro hussardo.

– Pensa então que sou homem de se submeter docilmente à injustiça? – indagou com voz tempestuosa.

– Ora, seja razoável – censurou o tenente D'Hubert.

– Eu sou razoável! Sou perfeitamente razoável! – retorquiu o outro com uma contenção ameaçadora. – Não posso exigir que o general responda pela própria conduta, mas você responderá pela sua.

– Não tenho de ficar ouvindo essas tolices – murmurou o tenente D'Hubert, exibindo uma careta algo desdenhosa.

– Chama isso de tolices? A mim parece uma declaração perfeitamente clara. A menos que você não compreenda o francês.

– Que diabo quer dizer com isso?

– Quero dizer – gritou o tenente Féraud num repente – que vou cortar fora suas orelhas para ensiná-lo a não me importunar com ordens do general quando estou conversando com uma dama.

Um profundo silêncio se seguiu a essa ensandecida declaração e, pela janela aberta, o tenente D'Hubert pôde ouvir os sensatos passarinhos cantarem no jardim. Preservando a calma, ele disse:

– Ora essa! Se você adota esse tom, é claro que me porei à sua disposição, tão logo esteja em liberdade para resolver esse assunto, mas não creio que vá cortar minhas orelhas.

– Resolverei o assunto já – declarou o tenente Féraud com extrema truculência. – Se pensa que vai desfilar sua presunção e seus encantos pelo salão de Madame de Lionne esta noite, está muito enganado.

– Definitivamente – disse o tenente D'Hubert, que começava a enervar-se –, você é mesmo um tipo intratável. As ordens que recebi do general foram para trancafiá-lo, não para cortá-lo em pedacinhos. Tenha um bom dia!

E voltando as costas para o pequeno gascão que, sempre sóbrio em suas libações, era como se tivesse nascido inebriado pelo sol de sua terra prenhe de vinhedos, o nórdico, que em certas ocasiões podia embriagar-se, mas que nascera sóbrio sob os céus chuvosos da Picardia, dirigiu-se para a porta. Ouvindo, entretanto, o som inconfundível de uma espada sendo desembainhada às suas costas, não teve outra opção senão deter-se.

"Que o diabo carregue esse sulista maluco!", pensou ele, girando sobre os calcanhares e examinando friamente a postura belicosa do tenente Féraud com uma espada nua na mão.

– Agora! Agora! – tartamudeou Féraud, fora de si.

– Você já teve minha resposta – disse o outro, conservando-se admiravelmente calmo.

A princípio, D'Hubert sentira-se apenas contrariado e um tanto entretido, mas agora seu rosto nublara-se. Perguntava-se seriamente como faria para escapar dali. Era impossível correr de um homem com uma espada e enfrentá-lo estava fora de questão. Esperou um instante e então disse exatamente o que estava em seu coração:

– Largue isso! Não lutarei com você. Não farei papel de ridículo.

– Ah, não? – sibilou o gascão. – Suponho que prefira o papel de infame. Está ouvindo o que digo?... Infame! Infame! Infame! – guinchou ele, subindo e descendo na ponta dos pés, o rosto congestionado.

O tenente D'Hubert, ao contrário, empalideceu por um momento ao som da detestável palavra, depois ruborizou até a raiz dos cabelos louros.

– Mas você não pode sair para lutar; você está preso, seu lunático! – objetou ele com indignado desprezo.

– Temos o jardim: é grande o suficiente para enterrar sua carcaça comprida! – bradou o outro com tamanha veemência que, de alguma forma, a raiva do homem mais moderado amainou.

– Isso é um rematado absurdo – disse ele, satisfeito ao pensar que havia encontrado uma saída momentânea. – Jamais conseguiremos que nossos companheiros nos sirvam de padrinhos. É ridículo.

– Padrinhos! Ao diabo com os padrinhos! Não precisamos de padrinhos! Não se preocupe com padrinhos. Avisarei seus amigos para virem enterrá-lo assim que tiver dado cabo de sua figura. E se quiser testemunhas, direi à velha que ponha a cabeça para fora da janela dos fundos. Espere aí! Tem o jardineiro. Ele servirá. É surdo feito uma porta, mas tem dois olhos. Vamos! Vou lhe ensinar, meu caro oficial do estado-maior, que transmitir as ordens de um general não é brincadeira de criança.

Enquanto assim discursava, desafivelara a bainha vazia de sua espada. Atirou-a para baixo da cama e, descendo a ponta da arma, passou pelo tenente D'Hubert com um leve esbarro, exclamando:

– Siga-me!

Tão logo abriu a porta com violência, escutou-se um grito débil, e a bela criada, que estivera ouvindo a conversa pelo buraco da fechadura, afastou-se cambaleante, cobrindo os olhos com a palma das mãos. Féraud não parecia tê-la visto, mas ela correu atrás dele e agarrou-lhe o braço esquerdo. Com um safanão, o oficial desvencilhou-se da jovem, que então se precipitou sobre o tenente D'Hubert, agarrando-se à manga de seu uniforme.

– Desgraçado! – soluçou ela. – Era para isso então que queria encontrá-lo?

– Solte-me – pediu o tenente D'Hubert, tentando delicadamente libertar-se. – É como estar em um manicômio – protestou exasperado. – Queira soltar-me! Não farei nenhum mal a ele.

Uma diabólica gargalhada do tenente Féraud foi seu comentário à declaração do outro.

– Vamos! – gritou, batendo o pé.

E o tenente D'Hubert seguiu-o. Não havia mais o que fazer. Contudo, em defesa de sua sensatez, registre-se que, ao passar pela ante-sala, a idéia de abrir a porta da rua e escapulir de vez se apresentou à mente desse jovem valente – apenas, é claro, para ser descartada no instante seguinte, pois ele estava certo de que o outro iria caçá-lo sem a menor vergonha ou remorso. E a possibilidade de um oficial dos hussardos ser perseguido pela rua por outro oficial dos hussardos de espada em punho não podia ser cogitada um instante sequer. Logo, acompanhou-o até o jardim. Atrás deles vinha a cambaleante criada. Com os lábios lívidos e os olhos desvairados pelo terror, a jovem rendia-se a uma pavorosa curiosidade. Ademais, ocorrera-lhe a idéia de que, se preciso fosse, haveria de se interpor entre o tenente Féraud e a morte.

O jardineiro surdo, inteiramente alheio dos passos que se aproximavam, prosseguiu regando suas flores até o tenente Féraud estapear-lhe as costas. À súbita visão daquele homem enfurecido a brandir seu imponente sabre, o velhote, tremendo todo o esqueleto, deixou cair o regador. Ato contínuo, o tenente Féraud chutou-o para longe com grande hostilidade e, agarrando o jardineiro pelo pescoço, empurrou-o contra uma árvore. Retendo-o ali, gritou-lhe nos ouvidos:

– Fique aqui e olhe! Está entendendo? É para ficar de olho! Não se atreva a arredar o pé daqui!

O tenente D'Hubert avançou lentamente pela senda, desabotoando seu dólmã com visível ar de contrariedade. Todavia, mesmo já tendo a mão sobre o punho da espada, hesitou em desembainhá-la, até que um bramido – "*En garde, fichtre!*[3] Para que acha que está aqui?" – e a investida de seu adversário obrigaram-no a colocar-se o mais depressa possível em posição de defesa.

O choque das armas encheu de um ruído metálico o delicado jardim, que até então não conhecera som mais belicoso do que o estalido de uma tesoura de podar. Nesse instante, a parte superior do corpo de uma velha senhora projetou-se para fora da janela do segundo andar. Ela agitava os braços por sobre a touca branca, ralhando com uma voz rouca. O jardineiro permanecia colado à árvore, a boca desdentada aberta em uma tola expressão de perplexidade e, um pouco mais adiante, a bela jovem, presa como por encanto a um pequeno pedaço de relva, corria alguns passos de um lado para o outro, torcendo as mãos e murmurando palavras desconexas. Não se interpôs entre os combatentes: de tão violentas, as investidas do tenente Féraud aplacaram-lhe a coragem. Com as faculdades concentradas na defesa, o tenente D'Hubert precisou usar de toda a sua destreza e ciência no manejo da espada para conter os ataques do oponente. Já por duas vezes tivera de recuar. Incomodava-o a insegurança que lhe fazia sentir no pé de apoio o cascalho seco que rolava sob o duro solado de suas botas. Era sem dúvida o terreno menos apropriado para a ocasião,

3. Em guarda, diabos! (N.T.)

pensou, mantendo os olhos vigilantes, apertados, toldados por longas sobrancelhas, no semblante colérico de seu atarracado adversário. Esse incidente absurdo arruinaria a sua reputação de jovem oficial sensato, educado e promissor. No mínimo, prejudicaria suas perspectivas imediatas e o faria perder a confiança do general. Certo, contudo, é que tais preocupações mundanas eram incompatíveis com a solenidade da ocasião. Um duelo – seja considerado uma cerimônia de culto à honra, seja reduzido, em sua essência moral, a uma modalidade de esporte viril – requer a absoluta sinceridade das intenções, uma homicida austeridade de ânimo. Fosse como fosse, essas vivas preocupações quanto a seu futuro não produziram um efeito negativo sobre o tenente D'Hubert, tanto mais quanto fizeram acender sua ira. Cerca de setenta segundos haviam transcorrido desde que tinham cruzado suas lâminas, e o tenente viu-se compelido a recuar novamente para não espetar seu incauto adversário qual um escaravelho apanhado para uma exposição de insetos. O resultado foi que, mal compreendendo o motivo do recuo, o tenente Féraud, com um rosnado triunfante, intensificou o ataque. "Logo, logo esse animal raivoso vai me encurralar contra a parede", pensou o tenente D'Hubert. Imaginava-se muito mais próximo da casa do que de fato estava e não ousava virar a cabeça; tinha a impressão de manter o adversário à distância mais com os olhos do que com a ponta da espada. O tenente Féraud agachava-se e saltava para o ataque com a feroz agilidade de um tigre capaz de intimidar o mais intrépido coração. Porém, mais aterradora que a fúria de uma besta selvagem, a cumprir com toda a inocência de seu coração uma função natural, era a determinação feroz que só o homem é capaz de manifestar. Em meio a suas preocupações mundanas, o tenente D'Hubert enfim compreendeu. Era absurdo e danoso o caso para o qual se deixara arrastar; contudo, fosse qual fosse o tolo propósito com que o sujeito dera início à coisa toda, era evidente que àquela altura sua intenção era matar – nada mais, nada menos. Tencionava-o com uma obstinação muito acima das faculdades inferiores de um tigre.

A exemplo do que acontece com os homens de natureza corajosa, a plena percepção do perigo acabou por atrair o interesse do tenente D'Hubert. E, uma vez tomado por tal interesse, a vantajosa extensão de seu braço e a frieza de sua cabeça agiram a seu favor. Agora foi a vez de o tenente Féraud recuar com um grunhido aterrorizante de fúria reprimida. Executou uma rápida finta e logo retomou as investidas.

"Ah! Você seria capaz, não é mesmo?", exclamou mentalmente o tenente D'Hubert. O combate já durava quase dois minutos, tempo suficiente para exasperar o coração de qualquer homem, à parte os méritos da contenda. E, súbito, tudo estava terminado. Ao tentar avançar peito a peito sob a guarda de seu adversário, o tenente Féraud recebeu um golpe no braço contraído. Nem sequer o sentiu, mas conteve suas arremetidas e, com os pés resvalando sobre o cascalho, caiu de costas com grande violência. O impacto fez sucumbir sua mente em ebulição à perfeita quietude da insensibilidade. Simultaneamente à sua queda, a bela criada lançou um grito, mas a velha solteirona na janela interrompeu suas reprimendas e começou a persignar-se com devoção.

Ao contemplar o adversário estirado sobre o solo em perfeita imobilidade, o rosto voltado para o céu, o tenente D'Hubert imaginou tê-lo matado instantaneamente. A impressão de que golpeara seu camarada com força suficiente para parti-lo em dois habitou-o por um momento, graças à exagerada recordação da benevolência que empregara no golpe. Pressuroso, caiu de joelhos junto ao corpo prostrado. Ao constatar que nem mesmo o braço fora decepado, uma leve sensação de desapontamento veio misturar-se ao sentimento de alívio. O sujeito por certo merecia o pior. Mas, em verdade, não desejava a morte desse pecador. O caso já era bastante repugnante tal como se apresentava, razão pela qual o tenente D'Hubert tratou logo de estancar o sangramento do oponente. Nesse esforço, quis o destino que fosse ridiculamente impedido pela bela criada. Rasgando o ar com gritos de horror, a jovem atacou-o pelas costas e, enroscando os dedos em seus cabelos, puxou-lhe a cabeça para trás. Por que motivo escolhera justo aquele momento para estorvá-lo, eis uma coisa que ele absolutamente não podia compreender. Nem tentou. Era como se fosse um sonho assaz desagradável e tormentoso. Por duas vezes, para que pudesse se desvencilhar, foi obrigado a se levantar e afastá-la com um safanão. Fez isso estoicamente, sem proferir palavra, logo se pondo outra vez de joelhos para continuar seu trabalho. Porém, na terceira vez, já concluída a tarefa, agarrou a moça e manteve seus braços presos ao corpo. Ela tinha a touca meio desarrumada, o rosto vermelho, os olhos rutilantes de um louco atrevimento. Seu olhar penetrou-os de leve, enquanto ela o chamava sucessivas vezes de miserável, traidor, assassino. Isso não o aborreceu tanto quanto a convicção de que a jovem conseguira arranhar-lhe o rosto abundantemente. O ridículo vinha a se somar ao escândalo da história. Ele já imaginava a anedota adornada que viria a circular pela guarnição da cidade, por todo o exército da fronteira, adulterada com todas as distorções possíveis de motivos, sentimentos e circunstâncias, semeando a dúvida quanto à sensatez de sua conduta e à distinção de seu gosto mesmo entre sua honrada família. Estava tudo muito bem quanto a esse sujeito, Féraud, sem parentesco nem família a quem prestar contas e nenhuma virtude exceto a coragem que, em todo caso, era coisa de se esperar, uma qualidade comum a todos e a cada um dos soldados da cavalaria francesa. Ainda retendo os braços da moça em um forte aperto, o tenente D'Hubert olhou de soslaio por sobre o ombro. O tenente Féraud abrira os olhos. Não se movia. Como um homem que há pouco despertasse de um sono profundo, ele fitava o céu vespertino sem esboçar nenhuma expressão.

Os insistentes gritos que o tenente D'Hubert dirigiu ao velho jardineiro não surtiram o menor efeito – sequer o fizeram cerrar a boca desdentada. Lembrou então que o homem era surdo como uma porta. Durante todo esse tempo, a jovem debatia-se não com uma timidez virginal, mas como uma fúria muda que vez ou outra lhe chutava as canelas. Ele a mantinha presa como em um torno, o instinto a lhe dizer que, se a soltasse, ela voaria em seus olhos. A situação, contudo, fazia-o sentir-se penosamente humilhado. Por fim, ela desistiu. Estava mais exausta do que apaziguada, temeu ele. No entanto, procurou sair desse pesadelo por via da negociação.

– Ouça-me – disse ele com a maior tranqüilidade possível. – Se eu soltá-la, promete que irá correndo atrás de um médico?

Com verdadeira aflição, ele a ouviu declarar que não faria nada daquilo. Ao contrário, expressou soluçante sua intenção de permanecer no jardim e lutar com unhas e dentes para proteger o homem vencido. Isso era revoltante.

– Minha cara menina! – gritou ele desesperado. – Será possível que me julgue capaz de executar um adversário ferido? Será possível que... Quieta, sua pequena gata selvagem!

Puseram-se a lutar. Uma voz grossa, modorrenta, fez-se ouvir às costas dele.

– Que está querendo com essa jovem?

O tenente Féraud erguera-se apoiado sobre o braço bom. Observava com ar sonolento o outro braço, o uniforme sujo de sangue, uma pequena poça vermelha no chão, seu sabre estirado a poucos passos na alameda. Então, tornou a deitar-se suavemente para refletir sobre aquilo tudo, tanto quanto uma tonitruante dor de cabeça permitisse a atividade mental.

O tenente D'Hubert libertou a jovem que, em um gesto servil, pôs-se imediatamente de cócoras junto ao outro tenente. As sombras da noite caíam sobre aquele pequeno e belo jardim e sobre esse grupo comovente, do qual provinham murmúrios de dor e compaixão, misturados a outros sons débeis de natureza distinta, como se um inválido ainda não de todo desperto procurasse praguejar. O tenente D'Hubert foi embora.

Cruzou a casa silenciosa, congratulando-se pelo lusco-fusco que escondia dos transeuntes suas mãos ensangüentadas e seu rosto arranhado. Mas essa história de modo algum poderia ser escondida. Acima de tudo, ele temia a desonra e o ridículo, tendo a penosa consciência de que se esgueirava pelas ruas à maneira de um assassino. Logo os sons de uma flauta advindos da janela aberta de uma peça iluminada no segundo piso de uma modesta residência interromperam suas sombrias reflexões. Era tocada com um virtuosismo perseverante e, através dos floreados da melodia, podia-se ouvir a regular batida de um pé a marcar o compasso no assoalho.

O tenente D'Hubert gritou um nome, o de um cirurgião do exército a quem conhecia bastante bem. Os sons da flauta cessaram, e o músico apareceu na janela, o instrumento ainda na mão, pondo-se a perscrutar a rua.

– Quem me chama? É você, D'Hubert? O que o traz aqui?

Não gostava que o importunassem enquanto tocava sua flauta. Era um homem cujos cabelos já se haviam esbranquiçado pela ingrata missão de bandar ferimentos nos campos de batalha, onde outros granjeavam promoção e glória.

– Quero que vá ver Féraud imediatamente. Conhece o tenente Féraud? Mora duas ruas abaixo. Fica a um passo daqui.

– Que há com ele?

– Está ferido.

– Tem certeza?

– Absoluta! – gritou D'Hubert – Venho de lá.

– Engraçado – disse o médico envelhecido. "Engraçado" era sua palavra favorita; porém, quando a pronunciava, a expressão de seu rosto jamais correspondia ao que pretendia dizer. Era um homem impassível. – Entre – acrescentou. – Estarei pronto em um instante.

– Obrigado! Preciso mesmo lavar as mãos.

Ao entrar, o tenente D'Hubert encontrou o cirurgião ocupado em desatarraxar a flauta e guardar as peças metodicamente em um estojo. Virou a cabeça.

– Tem água naquele canto. Suas mãos precisam mesmo de uma bela limpeza.

– Estanquei o sangramento – disse o tenente D'Hubert. – Mas é melhor se apressar. Isso foi há mais de dez minutos, entende?

O médico não acelerou os movimentos.

– Qual o problema? A bandagem se soltou? Engraçado. Estive o dia todo trabalhando no hospital, mas esta manhã alguém me disse que ele havia escapado sem um único arranhão.

– Provavelmente não foi o mesmo duelo – resmungou mal-humorado o tenente D'Hubert, enxugando as mãos em uma toalha ordinária.

– Não foi o mesmo... O quê? Outro duelo? Nem mesmo o diabo em pessoa me faria sair duas vezes no mesmo dia.

O cirurgião observou atentamente o tenente D'Hubert.

– Onde foi que arranjou todos esses arranhões no rosto? Dos dois lados... e simétricos. Que engraçado.

– Engraçadíssimo! – rosnou o tenente D'Hubert. – Também achará engraçado o corte no braço dele. Os dois se divertirão por um bom tempo.

O médico sentiu-se perplexo e impressionado com a brusca amargura no tom de voz do tenente D'Hubert. Deixaram a casa juntos e, na rua, o comportamento do oficial exacerbou ainda mais sua perplexidade.

– Não vem comigo? – perguntou.

– Não – respondeu o tenente D'Hubert. – Pode encontrar a casa sozinho. É bem provável que a porta da frente esteja aberta.

– Muito bem. E onde fica o quarto dele?

– No primeiro piso. Mas é melhor passar direto ao jardim.

Essa surpreendente informação fez com que o médico saísse sem mais conversa. O tenente D'Hubert recolheu-se a seus aposentos, nutrindo um ardente e inquietante sentimento de indignação. Receava as zombarias dos companheiros quase tanto quanto a ira de seus superiores. A verdade era terrivelmente grotesca e constrangedora, mesmo deixando-se de lado a irregularidade do combate em si, que de maneira odiosa o aproximava de um delito criminal. Como todos os homens desprovidos de grande imaginação, faculdade que contribui para o processo do pensamento reflexivo, o tenente D'Hubert começava a sentir-se espantosamente afligido pelos aspectos óbvios da difícil situação em que se encontrava. Estava decerto contente por não ter matado o tenente Féraud à margem de todas as regras e sem as testemunhas adequadas a procedimentos dessa espécie. Extraordinariamente contente. Ao mesmo tempo, tinha a impressão de que teria gostado de lhe torcer o pescoço sem tanta cerimônia.

Achava-se ainda sob a influência desses sentimentos contraditórios quando o cirurgião aficionado da flauta veio visitá-lo. Mais de três dias haviam transcorrido. O tenente D'Hubert não era mais *officier d'ordonnance* do general que comandava a divisão. Fora mandado de volta ao seu regimento. E estava retomando seu vínculo com a família militar na mais absoluta reclusão, confinado não em seus aposentos da cidade, mas em uma peça da caserna. Devido à gravidade do incidente, estava proibido de ver quem quer que fosse. Não sabia o que havia acontecido, nem o que se dizia ou se pensava a respeito. A chegada do médico foi uma das coisas mais inesperadas para o angustiado prisioneiro. O flautista diletante tratou logo de explicar que estava ali única e exclusivamente por um favor especial do coronel.

– Convenci-o de que seria justo permitir-lhe ao menos ter algumas notícias fidedignas a respeito de seu adversário. – E prosseguiu: – Ficará contente em saber que ele se recupera de forma admirável.

O semblante do tenente D'Hubert não exibiu o menor sinal convencional de contentamento. Seguiu medindo a passos o soalho da sala vazia e poeirenta.

– Tome esta cadeira, doutor – murmurou ele.

O doutor sentou-se.

– O caso é visto por diferentes perspectivas... tanto na cidade como no exército. De fato, a diversidade de opiniões é um tanto engraçada.

– Deveras – resmungou o tenente D'Hubert, caminhando pesada e imperturbavelmente de uma parede a outra. No entanto, em seu íntimo, admirava-se que pudesse haver duas opiniões sobre o assunto. O cirurgião prosseguiu:

– Claro, como não são conhecidos os fatos reais do caso...

– Imaginei – interrompeu D'Hubert – que o sujeito o colocaria a par dos fatos.

– Ele disse qualquer coisa – admitiu o outro – a primeira vez que o vi. E, a propósito, encontrei-o de fato no jardim. O golpe que recebeu na nuca o deixou um tanto atordoado, sem falar coisa com coisa. Depois, mostrou-se mais comedido.

– Não pensou, por certo, que ele teria a dignidade de se mostrar envergonhado! – rosnou D'Hubert, retomando sua marcha enquanto o doutor murmurava:

– Que engraçado. Envergonhado! Vergonha não era precisamente o sentimento que refletia seu estado de espírito. Seja como for, talvez se possa considerar o problema sob outro ângulo.

– Do que está falando? Que problema? – perguntou o tenente D'Hubert, lançando um olhar de esguelha para o rosto inerte da figura grisalha sentada na cadeira de madeira.

– Seja lá o que for – respondeu o cirurgião, um tanto impaciente –, não quero emitir opiniões sobre sua conduta.

– Santo Deus, tanto melhor! – explodiu D'Hubert.

– Ora! Ora! Não se apresse tanto em brandir a espada. No fim das contas, não vale a pena. Compreenda, de uma vez por todas, que eu jamais cortaria nenhum de vocês, jovens, senão com as ferramentas de meu ofício. Mas meu conselho é bom. Se persistir nesse caminho, vai acabar arranjando para si próprio uma má reputação.

– Persistir em que caminho? – interpelou o tenente D'Hubert, detendo-se bruscamente, um bocado surpreso. – Eu!... Eu!... Arranjar uma reputação... O que está imaginando?

– Já lhe disse que não pretendo julgar o que está certo e o que está errado nesse incidente. Não é de minha conta. Entretanto...

– Que diabos ele andou lhe falando? – interrompeu o tenente D'Hubert, assaltado por uma espécie de temor estupefato.

– Já lhe disse que, a princípio, quando o encontrei no jardim, ele estava um pouco atordoado. E que depois, naturalmente, mostrou-se mais comedido. Mas pude concluir, ao menos, que ele não teve como evitar.

– Não teve? – exclamou o tenente D'Hubert com uma voz poderosa. Em seguida, baixando notavelmente o tom, acrescentou: – E quanto a mim? Tive eu como evitar?

O médico pôs-se de pé. Seus pensamentos confluíam para a flauta, sua constante companheira de voz reconfortante. Junto às ambulâncias de campo, após vinte e quatro horas de trabalho árduo, não raro podia-se ouvi-lo importunar com suas doces melodias a terrível calada dos campos de batalha, entregues ao silêncio e à morte. Aproximava-se a hora solaz de sua vida cotidiana e, em tempos de paz, ele se agarrava aos minutos como um avarento ao seu tesouro.

– Claro! Claro! – disse ele em tom perfunctório. – Que seja. É engraçado. Contudo, estando absolutamente neutro e mantendo relações amigáveis com ambos, consenti em lhe transmitir a mensagem do tenente Féraud. Diga que estou cedendo à vontade de um inválido, como queira. Mas ele quer que saiba que esse caso de modo algum está encerrado. Pretende mandar-lhe os padrinhos tão logo recobrar as forças... contanto, é claro, que o exército não esteja em campanha em tal ocasião.

– É o que ele pretende, não? Pois bem, que seja! – esbravejou o tenente D'Hubert, tendo um acesso de cólera.

O segredo de sua ira escapava à compreensão do visitante, mas tamanho furor reforçava ao médico certa convicção que vinha ganhando terreno fora daquelas quatro paredes, a de que entre os dois jovens surgira uma divergência muito séria, séria o bastante para se cobrir de mistério, um fato da máxima gravidade. Para resolver essa imperiosa altercação, os dois oficiais arriscaram, no prelúdio mesmo de suas carreiras, sucumbir à ruína e à desgraça. O cirurgião temia que o inquérito iminente não lograsse satisfazer à curiosidade geral. Não confiariam ao público o que se passara entre eles, algo de natureza tão ultrajante que lhes renderia – nada mais, nada menos – uma acusação de assassinato.

O cirurgião não era por temperamento um homem muito curioso, mas essa questão que insistia em assombrar seus pensamentos fez com que, por duas vezes naquela noite, afastasse o instrumento dos lábios e permanecesse em silêncio por um minuto inteiro – bem no meio de uma melodia –, esforçando-se por formular uma hipótese plausível.

II

NÃO OBTEVE, nessa empreitada, maior êxito que o resto da guarnição e a sociedade em seu todo. Figuras até então de pouca ou nenhuma importância, os dois jovens oficiais tornaram-se célebres graças à curiosidade universal suscitada pela origem de sua rixa. O salão de Madame de Lionne era o centro de suposições as mais engenhosas. A própria madame se viu durante algum tempo acossada por toda sorte de indagações em razão de ter sido a última pessoa conhecida a falar com aqueles jovens infelizes e impulsivos antes que deixassem juntos sua residência rumo ao brutal embate com espadas que travariam, ao cair da noite, em um jardim particular. Madame de Lionne afirmou nada ter notado de extraordinário na conduta de ambos. O tenente Féraud mostrara-se visivelmente irritado ao ser chamado à parte. Isso era mais do que natural: a nenhum homem agrada ser importunado enquanto conversa com uma dama de renomada elegância e bom gosto. A verdade era que o assunto entediava Madame de Lionne, visto que nenhuma fofoca, por mais inconseqüente que fosse, poderia ligar sua pessoa àquele caso. E a irritava ver crescerem os boatos de que haveria uma mulher envolvida na história. Essa irritação não nascia de sua elegância ou bom gosto, mas de um lado mais instintivo de sua natureza. Enfim, tornou-se tão grande que, em um gesto peremptório, ela proibiu que o assunto fosse mencionado sob o seu teto. Nas cercanias de seu divã, a ordem era respeitada; contudo, mais além, nos recantos do salão, o manto do silêncio imposto era levantado vez ou outra. Um personagem de rosto comprido e pálido, a expressão semelhante à de uma ovelha, opinou, balançando a cabeça, tratar-se de uma querela muito antiga, acerbada pelo tempo. Objetaram-lhe que os contendores eram demasiado jovens para justificar tal teoria. Pertenciam, além disso, a regiões diferentes e distantes da França. E havia ainda outras impossibilidades físicas. Um subcomissário da Intendência, solteirão agradável e refinado que trajava calções de casimira, botas hessianas[4] e casaco azul ornado com galões prateados, o qual fingia acreditar na transmigração das almas, sugeriu que ambos possivelmente se haviam encontrado em uma existência anterior. A rixa teria nascido em um passado esquecido. Podia ser um tanto incompreensível no atual estado de suas existências, mas suas almas recordavam a animosidade e manifestavam um antagonismo instintivo. Desenvolveu sua tese com um espírito bastante jocoso. Ainda assim, o caso era tão absurdo do ponto de vista mundano, militar, da honra ou da prudência, que mesmo essa extravagante explicação pareceu bem mais razoável do que qualquer outra.

4. Botas de cano alto com borlas, usadas na Inglaterra no início do século XIX. (N.T.)

Os dois oficiais nada haviam confidenciado de decisivo a quem quer que fosse. A humilhação de ter sido categoricamente derrotado de armas em punho e a desconfortável sensação de se ver envolvido em uma enrascada por injustiça do destino mantinham o tenente Féraud em uma mudez animal. Não confiava na solidariedade humana. Esta, sem sombra de dúvida, estava reservada ao oficial janota do estado-maior. Estirado sobre a cama, vociferava diante de sua bela criada, que acudia com devoção a suas necessidades e escutava, alarmada, suas terríveis imprecações. Que aquele tenente D'Hubert deveria "pagar por isso" parecia à moça coisa muito justa e natural. Todavia, sua principal preocupação era que o tenente Féraud não se exaltasse demasiado. Era um homem tão admirável e fascinante para seu humilde coração que a única coisa pela qual ansiava era vê-lo recuperar-se o quanto antes, mesmo que fosse apenas para retomar suas visitas ao salão de Madame de Lionne.

O tenente D'Hubert conservava-se em silêncio pelo simples motivo de que, à exceção de um estúpido soldadinho subalterno, não havia mais ninguém com quem conversar. Ademais, estava consciente de que o episódio, tão grave no plano profissional, tinha também seu aspecto cômico. Ao refletir sobre ele, sentia-se ainda disposto a torcer o pescoço do tenente Féraud. Mas essa era uma fórmula mais figurativa do que exata e expressava antes um estado de espírito do que um impulso físico real. Ao mesmo tempo, havia nesse jovem um sentimento de camaradagem e generosidade que fazia com que relutasse em tornar a situação do tenente Féraud pior do que já era. Daí o comedimento que mostrava ao comentar o deplorável caso. No inquérito, contudo, por uma questão de defesa própria, teria evidentemente de falar a verdade. Essa perspectiva o atormentava.

Mas não houve inquérito. Em vez disso, o exército entrou em campanha. Posto em liberdade sem maiores detalhes, o tenente D'Hubert reassumiu suas obrigações regimentais, enquanto o tenente Féraud, com o braço recém-liberto da tipóia e sendo preservado das interrogações, partiu a cavalo com seu esquadrão a fim de completar a convalescença em meio à fumaça dos campos de batalha e ao ar fresco dos bivaques noturnos. Esse tratamento revigorante caiu-lhe tão bem que, ao primeiro rumor da iminente assinatura de um armistício, pôde sem receio voltar os pensamentos para sua guerra particular.

Dessa vez, o embate deveria se dar conforme as regras. Enviou dois amigos ao tenente D'Hubert, cujo regimento estava estacionado a poucos quilômetros dali. Estes não fizeram perguntas ao desafiante. "Ele me deve uma... aquele oficialzinho metido a besta", dissera com a carranca fechada, e eles partiram bastante satisfeitos com sua missão. O tenente D'Hubert, por sua vez, não teve dificuldades para encontrar dois amigos igualmente discretos e leais. "Há um sujeito louco a quem devo dar uma lição", limitou-se a dizer, e os padrinhos não exigiram justificativa melhor.

Por tais razões foi arranjado um duelo de espadas, a ser travado ao raiar do dia, em terreno apropriado. Na sua terceira investida, o tenente D'Hubert viu-se deitado de costas sobre a grama úmida de orvalho, com um buraco no flanco. Um sol sereno, despontando sobre uma paisagem de prados e bosques, pairava agora à sua esquerda. Um cirurgião – não o flautista, mas outro – inclinava-se sobre ele, apalpando o ferimento.

– Foi por pouco. Mas não é nada grave – declarou ele.

Foi com prazer que o tenente D'Hubert ouviu essas palavras. Um de seus padrinhos, sentado sobre a relva molhada e sustentando sua cabeça sobre o colo, comentou:

– É a sina da guerra, *mon pauvre vieux*[5]. E agora, o que será? Melhor fazerem as pazes como dois bons camaradas. Vamos, deixem disso!

– Não sabe o que está pedindo – murmurou o tenente D'Hubert, com um fiapo de voz. – Contudo, se ele...

Em outra parte do prado, os padrinhos do tenente Féraud instavam-no a que desse o assunto por encerrado e fosse apertar a mão do adversário.

– Você já acertou suas contas com ele – *que diable*[6]. É a coisa mais sensata a fazer. Esse D'Hubert é um sujeito decente.

– Conheço bem a decência desses mascotes de general – resmungou entre dentes o tenente Féraud, e a expressão sombria de seu rosto desencorajou novas tentativas de reconciliação.

Os padrinhos, saudando-se à distância, retiraram seus homens do campo. À tarde, o tenente D'Hubert,

5. Meu pobre velho. (N.T.)

6. Que diabo. (N.T.)

bastante estimado entre os companheiros por unir grande bravura a um temperamento franco e imparcial, recebeu muitas visitas. Comentou-se que o tenente Féraud, contrariando seu costume, não se expusera às felicitações dos amigos. E amigos não lhe faltavam, pois que também ele era apreciado pela exuberância de sua natureza sulista e por sua simplicidade de caráter. Em todos os lugares onde os oficiais tinham por hábito reunir-se ao fim do dia, o duelo daquela manhã foi discutido sob todos os pontos de vista. Ainda que dessa vez o tenente D'Hubert tivesse levado a pior, sua esgrima foi muito elogiada. Ninguém podia negar que fosse muito precisa, muito científica. Sussurrou-se até mesmo que, se fora ferido, era porque queria poupar o adversário. Para muitos, entretanto, o vigor e o ímpeto das investidas do tenente Féraud eram irresistíveis.

Discutia-se abertamente sobre os dotes esgrimísticos dos dois oficiais; porém, a atitude de um para com o outro após o duelo foi objeto de críticas brandas e cautelosas. A divergência era irreconciliável, o que só se podia lamentar. Mas, no fim das contas, eles é quem melhor sabiam o zelo que sua honra impunha. Não era um problema em que seus companheiros devessem intrometer-se. Quanto à origem da desavença, a impressão geral era de que datava da época em que ambos defendiam a guarnição de Estrasburgo. Ao ouvi-lo, o médico musical balançou a cabeça. "Era muito mais antiga", pensou.

– Ora, mas é claro! Você deve conhecer a história toda – gritaram várias vozes, ávidas de curiosidade. – Então, como foi que aconteceu?

Ergueu lentamente os olhos do copo.

– Mesmo que eu soubesse, não podem esperar que lhes conte, já que os próprios combatentes decidiram não se pronunciar.

Levantou-se e saiu, deixando atrás de si uma sensação de mistério. Não podia demorar-se nem mais um minuto, pois era quase chegada a hora mágica em que se entregava à sua flauta.

Tão logo se havia retirado, um oficial muito jovem observou em tom solene:

– É óbvio que seus lábios estão selados!

Ninguém pôs em dúvida a perfeita correção do comentário. De certa forma, ele aumentava ainda mais a impressão suscitada pelo caso. Vários oficiais veteranos dos dois regimentos, movidos unicamente pela generosidade e pelo amor à concórdia, propuseram a formação de um Tribunal de Honra, ao qual ambos os jovens confiariam a missão de reconciliá-los. Infelizmente, começaram por interpelar o tenente Féraud, sob a suposição de que, tendo acabado de conquistar uma vitória expressiva, estaria mais maleável e propenso à moderação.

O raciocínio era perfeitamente razoável. Entretanto, o gesto revelou-se desastroso. Naquela relaxação da fibra moral provocada pelo alívio de uma vaidade afagada, o tenente Féraud, no íntimo de seu coração, consentira em revisar o caso, chegando mesmo a pôr em dúvida não a justiça de sua causa, mas a absoluta perspicácia de seu comportamento. Assim sendo, não se sentia minimamente disposto a discutir o assunto. A sugestão apresentada pelos sábios do regimento deixava-o em uma situação difícil. Indignava-o, e essa indignação, por uma lógica paradoxal, reacendeu a animosidade que nutria contra o tenente D'Hubert. Haveria então de ser eternamente incomodado por esse sujeito – sujeito dotado de um talento infernal para de alguma maneira seduzir a opinião alheia? Ainda assim, era-lhe difícil refutar de forma categórica a mediação sancionada pelo código de honra.

Enfrentou a dificuldade com uma atitude de soturna reserva. Torceu o bigode, proferindo palavras vagas. Sua posição era perfeitamente clara. Não teria vergonha de declará-la perante um Tribunal de Honra devidamente constituído, tampouco recearia defendê-la na prática. Não via o menor motivo para se apressar em aceitar a sugestão antes de certificar-se do modo como a receberia seu adversário.

Mais tarde, naquele dia, a exasperação germinando em seu peito, foi ouvido em local público a declarar, em tom sardônico, "que aquela seria a maior sorte do mundo para o tenente D'Hubert, já que, em um próximo encontro, não lhe seria dado safar-se com a bagatela de três semanas de cama".

Talvez a bazófia da frase tivesse inspiração no mais profundo maquiavelismo. Os tipos meridionais não raro escondem, sob a impulsividade aparente de suas palavras e ações, certa dose de astúcia.

Desconfiando da justiça dos homens, o tenente Féraud de modo algum desejava a constituição de um Tribunal de Honra; e as palavras sobreditas, tão afeiçoadas à sua índole, tinham igualmente o mérito de servir a seus objetivos. Intencionais ou não, o fato é que suas palavras levaram menos de vinte e quatro horas para encontrar o caminho dos aposentos do tenente D'Hubert, de sorte que no dia seguinte, recostado em seus travesseiros, este recebeu as propostas iniciais com a declaração de que o caso era de uma natureza tal que não admitia discussão.

O rosto pálido do oficial ferido, a débil voz que ainda era obrigado a usar com cautela e a dignidade cortês de seu tom causaram forte impressão nos ouvintes. Fora dali, o relato de tudo isso contribuiu muito mais para aprofundar o mistério do que as fanfarrices do tenente Féraud. Esse último experimentou grande alívio ao saber do desfecho. Pôs-se a desfrutar do estupor geral e ficou contente em aumentá-lo ao adotar uma atitude de rigorosa discrição.

O coronel do regimento do tenente D'Hubert era um guerreiro grisalho, curtido pelo tempo, com uma concepção muito simples das próprias responsabilidades. "Não posso", dizia a si mesmo, "deixar que o melhor de meus subalternos se prejudique desse modo por nada. Preciso chegar ao fundo dessa questão pessoalmente. D'Hubert terá de me contar tudo, por pior que seja o caso. É dever do coronel ser mais do que um pai para esses jovens." E, com efeito, amava seus homens com a mesma afeição que experimenta o pai de uma numerosa família por cada um de seus membros. Se por um descuido da Providência os seres humanos vinham ao mundo como meros civis, tornavam a nascer no regimento como crianças no seio de uma família, e era só esse nascimento militar que contava.

Ao ver parado à sua frente o tenente D'Hubert, muito pálido e com os olhos encovados, o coração do velho guerreiro sentiu uma pontada de genuína compaixão. Toda a sua afeição pelo regimento – aquele grupo de homens que tinha nas mãos para lançar à frente de batalha e retirá-lo dela, que alimentava seu orgulho e dominava todos os seus pensamentos – parecia por um momento concentrar-se na pessoa de seu mais promissor subalterno. Limpou a garganta com um pigarro ameaçador e franziu o cenho terrivelmente.

– Precisa compreender – começou – que não dou a mínima para a vida de um só homem do regimento. Mandaria todos os 843 de vocês a galope para o inferno com a mesma dó com que mataria uma mosca!

– Perfeitamente, coronel. E o senhor estaria cavalgando à nossa frente – respondeu o tenente D'Hubert com um sorriso abatido.

O coronel, percebendo a necessidade de se fazer diplomático, ao ouvir as palavras do oficial lançou uma sonora gargalhada.

– Pois saiba, tenente D'Hubert, que eu poderia muito bem me pôr de lado e observá-los cavalgar até o Hades, se necessário. Sou homem o bastante para uma coisa dessas, se o serviço e meu dever para com a pátria o exigirem. Mas isso é impensável; portanto, nem cogite algo assim.

Seus olhos faiscavam, porém o tom tornara-se mais brando.

– Ainda há leite nesse seu bigode, meu rapaz. Não sabe do que um homem como eu é capaz. Não hesitaria em me esconder atrás de um monte de feno se... Não arreganhe esses dentes para mim, senhor! Como se atreve? Se esta não fosse uma conversa particular, eu...

Escute aqui! Sou responsável pelo digno sacrifício das vidas sob meu comando – em nome da glória de nosso país e da honra do regimento. Compreende isso? Bem, então que diabos pretende deixando-se espetar assim por aquele sujeito do sétimo regimento dos hussardos? É simplesmente vergonhoso!

O tenente D'Hubert sentiu-se fustigado além de todas as medidas. Seus ombros fizeram um pequeno movimento. Não apresentou réplica. Não podia ignorar sua responsabilidade.

O coronel disfarçou o olhar e baixou ainda mais a voz.

– É deplorável! – murmurou, tornando a mudar o tom. – Vamos! – prosseguiu de modo persuasivo, mas com aquela nota de autoridade que habita a garganta dos grandes líderes de homens. – Esse caso precisa ser resolvido. Quero que me diga francamente do que se trata. Como seu melhor amigo, exijo saber de tudo.

O poder coercitivo da autoridade, a influência persuasiva da bondade abalaram a fundo o homem que acabara de deixar seu leito de dores. A mão do tenente D'Hubert, agarrada ao castão de uma bengala, tremia ligeiramente. Mas seu temperamento do Norte, sentimental conquanto cauteloso e clarividente a seu modo idealista, reprimiu o impulso de confessar de uma vez por todas aquele rematado absurdo. Seguindo um preceito de sabedoria transcendental, deu sete voltas com a língua dentro da boca antes de falar. Pronunciou então um breve discurso de agradecimento.

O coronel escutou-o, a princípio interessado, mas logo com ar de perplexidade. Por fim, franziu o cenho:

– Quer dizer então que hesita?... *Mille tonerres*![7] Já não lhe disse que consinto em discutir o assunto com você.... como amigo?

– Sim, coronel! – respondeu com delicadeza o tenente D'Hubert. — Mas temo que, depois de me ouvir como amigo, o senhor decida agir como meu oficial superior.

Atento, o coronel apertou as mandíbulas.

– Mas, afinal, do que se trata? – perguntou francamente. – Será algo tão assim tão execrável e vergonhoso?

– Não – negou o tenente D'Hubert com uma voz débil, mas decidida.

– É evidente que agirei para o bem do serviço. Nada pode me impedir de fazê-lo. Por que acha que quero inteirar-me desse caso?

– Sei que não é por mera curiosidade – protestou o tenente D'Hubert. – Sei que o senhor agirá com sabedoria. Mas o que será da boa reputação do regimento?

– Não pode ser afetada pelo desatino juvenil de um tenente – respondeu o coronel com severidade.

– Não, não pode. Mas pelas más línguas, sim. Dirão que um tenente do quarto regimento dos hussardos, temeroso de enfrentar seu adversário, esconde-se atrás de seu coronel. E isso seria pior do que se esconder atrás de um monte de feno... pelo bem do serviço. Não posso me expor a esse ponto, coronel.

– Ninguém se atreveria a dizer coisa semelhante – asseverou o coronel, em uma frase que fora iniciada com grande ímpeto, mas concluída em um tom de incerteza.

7. Com mil raios! (N.T.)

Era notória a bravura do tenente D'Hubert. Mas o coronel bem sabia que a coragem exigida em um duelo, a coragem do combate homem a homem, com ou sem razão, era considerada uma coragem de natureza especial. E era eminentemente imprescindível que um oficial de seu regimento fosse dotado de todo tipo de coragem – e que o provasse. Projetando adiante o lábio inferior, o coronel lançou ao longe um olhar estranhamente vidrado. Era essa a expressão de sua perplexidade – uma expressão praticamente desconhecida de seu regimento, pois a perplexidade é um sentimento incompatível com o posto de coronel de cavalaria. O próprio coronel sentiu-se sobrepujado pela desagradável novidade da sensação. Como não estava acostumado a pensar senão em questões profissionais concernentes ao bem-estar de homens e cavalos e a seu uso adequado nos gloriosos campos de batalha, seus esforços intelectuais degeneraram em meras repetições de linguagem profana. "*Mille tonerres!... Sacré nom de nom*"[8], pensou ele.

O tenente D'Hubert tossiu penosamente e, com a voz cansada, acrescentou:

– Não serão poucas as línguas compridas a dizer que me acovardei. E estou certo de que o senhor não desejará que eu tolere isso. É bem possível que me veja de repente metido em uma dúzia de duelos, em vez deste único.

A simplicidade direta desse argumento penetrou em cheio a consciência do coronel. Olhou fixamente para o seu subordinado.

8. Com mil raios!... Santo Deus. (N.T.)

– Sente-se, tenente – ordenou com rispidez. – Isso só pode ser coisa do demônio... Sente-se!

– *Mon colonel* – recomeçou o tenente D'Hubert –, não temo as más línguas. Há uma maneira de silenciá-las. Mas há minha paz de espírito também. Não poderia suportar a idéia de que arruinei um colega oficial. Seja qual for a medida que o senhor venha a tomar, terá de levá-la adiante. O inquérito foi abandonado... Deixemos como está. Teria sido fatal para Féraud.

– Ei! Mas quê! Ele se comportou tão mal assim?

– Sim, pessimamente – murmurou o tenente D'Hubert. Sentindo-se ainda bastante fraco, teve vontade de chorar.

Como o outro homem não pertencia a seu regimento, o coronel não encontrou a menor dificuldade para acreditar nas palavras do tenente D'Hubert. Pôs-se a marchar de um lado a outro do quarto. Era um bom chefe, um homem capaz de manifestar uma discreta solidariedade. Mas era um ser humano também sob outros aspectos, e isso ficou evidente por sua incapacidade de usar de quaisquer artifícios.

– O pior de tudo, tenente – deixou escapar, na inocência de seu coração –, é que já declarei minha intenção de chegar ao cerne desse caso. E quando um coronel diz uma coisa... Você sabe...

O tenente D'Hubert interrompeu-o de modo enérgico:

– Suplico-lhe, coronel, que aceite de bom grado minha palavra de honra de que fui posto em uma situação detestável, que não me deixava outra escolha; não havia alternativa compatível com minha dignidade de homem e de oficial... No final das contas, senhor, esse é o cerne da questão. Tudo está aí. O resto é mero detalhe...

O coronel deteve-se bruscamente. A reputação de que gozava o tenente D'Hubert como homem de bom senso e boa índole pesava na balança. Uma mente serena, um coração caloroso, claro como o dia. Sempre correto em sua conduta. Era preciso confiar nele. Em um gesto viril, o coronel reprimiu uma imensa curiosidade:

– Hum! Então me assegura, como homem e oficial... Nenhuma alternativa, não é?

– Como oficial... E como oficial do quarto regimento dos hussardos – insistiu o tenente D'Hubert. – Não tive escolha. Eis o cerne da questão, coronel.

– Sim. Mas ainda não vejo por que não haveria de... Para o seu próprio coronel... Um coronel é como um pai, *que diable*!

Não lhe deveriam ter permitido deixar a cama. Com humilhação e desespero, o tenente D'Hubert tomava consciência de sua debilidade. Mas estava possuído pela mórbida obstinação dos doentes, ao mesmo tempo em que, consternado, sentia os olhos rasos d'água. Todo esse transtorno parecia-lhe um fardo demasiado para suportar. Uma lágrima deslizou por sua face pálida e macilenta.

O coronel voltou-lhe as costas apressadamente. Seria possível ouvir um alfinete caindo.

– Uma história estúpida envolvendo mulher, não é verdade?

Ao pronunciar essas palavras, o chefe girou rapidamente sobre os calcanhares, como para surpreender a verdade, verdade que não é uma bela forma escondida no fundo de um poço, mas um pássaro arisco que se deve capturar com estratagema. Foi a última manobra diplomática do coronel. Via a verdade resplandecer inequívoca no gesto do tenente D'Hubert, que erguia aos céus os olhos e os braços débeis em um supremo protesto.

– Não é caso de mulher, é? – rosnou o coronel com olhar severo. – Não pergunto quem ou onde. Tudo o que quero saber é se há mulher nessa história!

O tenente D'Hubert deixou cair os braços e, com a voz pateticamente abatida, respondeu:

– Nada do gênero, *mon colonel.*

– Por sua honra? – insistiu o velho guerreiro.

– Por minha honra.

– Muito bem – disse o coronel, de modo pensativo, e mordeu o lábio.

Os argumentos do tenente D'Hubert, ancorados no apreço que sentia pelo homem, haviam-no convencido. Por outro lado, era sumamente impróprio que sua intervenção, sobre a qual não guardara segredo, fosse incapaz de produzir algum efeito visível. Reteve o tenente D'Hubert por mais alguns minutos e, em seguida, dispensou-o com amabilidade.

– Permaneça alguns dias mais na cama, tenente. Que diabo pretende o médico declarando-o apto para o serviço?

Ao deixar o alojamento do coronel, o tenente D'Hubert não disse uma palavra ao amigo que o aguardava do lado de fora para reconduzi-lo a seus aposentos. Não disse nada a ninguém. O tenente D'Hubert não era dado a confidências. Mas ao anoitecer daquele mesmo dia, enquanto passeava com seu ajudante sob os olmos que cresciam perto de seu alojamento, o coronel descerrou os lábios.

– Cheguei ao cerne desse caso – comentou.

O tenente-coronel, um homenzinho seco e moreno provido de pequenas suíças, ergueu as orelhas, sem no entanto deixar escapar o menor sinal de curiosidade.

– Não é coisinha à toa – acrescentou o coronel, com um tom oracular.

O outro esperou um longo tempo antes de murmurar:

– Certamente, senhor.

– Não é coisinha à toa – repetiu o coronel com os olhos fixos adiante. – Seja como for, proibi D'Hubert de propor ou aceitar desafios da parte de Féraud pelos próximos doze meses.

Imaginara que a proibição salvaria o prestígio digno de um coronel. Como resultado, foi selado oficialmente o mistério que cercava a implacável disputa. De um lado, o tenente D'Hubert repelia com impassível silêncio todas as tentativas de lhe arrancar a verdade. Do outro, o tenente Féraud, a princípio secretamente inquieto, recuperava a autoconfiança com o passar do tempo. Disfarçava sua ignorância quanto ao significado da trégua imposta com risadinhas sarcásticas, como se o divertisse o segredo que guardava. "Mas o que vai fazer?", costumavam perguntar seus companheiros. Ao que ele se contentava em responder, em um tom um tanto truculento: "*Qui vivra verra*"[9]. E todos admiravam sua discrição.

9. Quem viver verá. (N.T.)

Antes que a trégua chegasse ao fim, o tenente D'Hubert recebeu o comando de sua tropa. A promoção era mais que merecida, ainda que, de certa forma, ninguém a esperasse. Quando o tenente Féraud veio a sabê-lo, em meio a uma reunião de oficiais, murmurou entre dentes:

– Então é assim?

Ato contínuo, retirou o sabre de um cabide junto à porta, cingiu-o cuidadosamente à cintura e deixou a companhia sem proferir palavra. Dirigiu-se para casa a passos cadenciados, raspou sua pedra de isqueiro e acendeu uma vela de sebo. Em seguida, apanhando um desventurado copo de vidro que repousava sobre o consolo da lareira, arremessou-o ao chão com violência.

Agora que D'Hubert era um oficial de posto superior, a possibilidade de um duelo estava fora de cogitação. Nenhum dos dois poderia propor ou aceitar um desafio sem correr o risco de ser citado a comparecer perante uma corte marcial. Não se podia sequer pensar nisso. O tenente Féraud, que há muitos dias já não experimentava nenhum desejo real de encontrar o tenente D'Hubert de armas em punho, irritava-se uma vez mais com a sistemática injustiça do destino. "Julga então que desse modo poderá me escapar?", pensou com indignação. Via nessa promoção uma intriga, uma conspiração, uma manobra covarde. Aquele coronel sabia das coisas. Apressara-se em recomendar seu favorito para uma promoção. Era um escândalo que um homem pudesse esquivar-se das conseqüências de seus atos de maneira tão obscura e tortuosa.

De índole despreocupada, de temperamento mais belicoso do que militar, o tenente Féraud até então se contentara em dar e receber golpes por puro amor ao combate armado, sem pensar mais detidamente nas promoções, mas agora um desejo urgente de progredir brotava em seu peito. Esse lutador por vocação decidiu em sua mente aproveitar as oportunidades de pavonear-se e, qual um reles arranjista, granjear a opinião favorável de seus superiores. Sabia-se tão valente quanto qualquer um e jamais duvidou de seu charme pessoal. Entretanto, nem a valentia nem o charme pareciam produzir efeitos rápidos. De sorte que a truculência envolvente e desenvolta desse belo esgrimista experimentou uma mudança. Passou a fazer alusões amargas "a tipos espertalhões que não medem esforços para subir na vida". O exército estava cheio deles, dizia; bastava olhar em volta. Mas o tempo todo tinha em mente uma única pessoa, seu adversário, D'Hubert. Certa vez, confidenciou a um amigo que o estimava:

– Como vê, não sei como bajular as pessoas certas. Não é do meu feitio.

Não obteve sua promoção até uma semana depois de Austerlitz. Durante algum tempo, a cavalaria ligeira do Grande Exército esteve ocupadíssima com tarefas interessantes. Tão logo amainou a pressão de seus deveres profissionais, o capitão Féraud tomou providências para que um embate fosse arranjado sem perda de tempo.

– Conheço bem o meu pássaro – observou sombriamente. – Se não abro o olho, ele é bem capaz de arranjar uma promoção, nem que tenha de passar por cima das cabeças de uma dezena de homens mais capazes. Tem jeito para esse tipo de coisa.

O novo duelo teve lugar na Silésia. Se não foi travado até o último sangue, ao menos prosseguiu até que os contendores já não pudessem restar de pé. A arma era o sabre de cavalaria, e a habilidade, a ciência, o vigor e a determinação exibidos pelos adversários renderam-lhes a forçosa admiração dos espectadores. O embate tornou-se tema de discussão em ambas as margens do Danúbio, chegando até as guarnições de Gratz e Laybach. Haviam cruzado suas lâminas sete vezes. Ambos exibiam ferimentos que sangravam profusamente. Ambos haviam se recusado a interromper o combate por várias e várias vezes, revelando o que parecia a mais implacável animosidade. Da parte do capitão D'Hubert, essa impressão era causada pelo desejo racional de acabar de uma vez por todas com aquele tormento; da parte do capitão Féraud, pela tremenda exaltação de seus instintos belicosos e pela incitação de sua vaidade ferida. Ao fim e ao cabo, desgrenhados, as blusas em farrapos, cobertos de sangue coagulado e mal se sustentando sobre as pernas, foram apartados à força por seus incrédulos e aterrorizados padrinhos. Mais tarde, assediados por companheiros ávidos de detalhes, esses cavalheiros declararam que não poderiam ter permitido que aquela espécie de carnificina prosseguisse de modo indefinido. Indagados se a querela dessa vez estava resolvida, expressaram sua convicção de que aquela era uma disputa que só poderia ser liquidada quando uma das partes restasse estirada ao chão sem vida. A sensação espalhou-se de regimento em regimento, penetrando, por fim, nos menores destacamentos das tropas aquarteladas entre o Reno e o Save. Nos cafés de Viena, estimava-se, conforme os detalhes disponíveis, que os adversários estariam em condições de se enfrentar novamente dentro de três semanas, em terreno aberto. Esperava-se algo verdadeiramente transcendente em matéria de duelo.

Essas expectativas foram frustradas pelas exigências militares que separavam os dois oficiais. Nenhum comentário oficial fora feito a respeito da contenda. Era agora um assunto interno do exército e já não poderia ser mencionada com leviandade. Mas a história do duelo, ou antes o pendor duelístico de ambos, deve de algum modo ter-se posto no caminho de sua promoção, pois que ainda eram capitães quando tornaram a se encontrar durante a guerra com a Prússia. Destacados para o norte de Jena, com o exército comandado pelo marechal Bernadotte, príncipe de Ponte Corvo, entraram juntos em Lübeck.

Foi somente após a ocupação dessa cidade que o capitão Féraud encontrou tempo para refletir sobre sua conduta futura em vista do fato de que o capitão D'Hubert fora promovido ao posto de terceiro ajudante-de-ordens do marechal. Meditou grande parte da noite e, pela manhã, convocou dois solidários amigos.

– Estive refletindo calmamente – disse, fitando-os com os olhos injetados, cansados. – Penso que devo me livrar desse tipo intriguista. Já fez por onde se insinuar junto ao estado-maior do marechal. É uma provocação direta contra mim. Não posso tolerar uma situação em que esteja exposto a qualquer dia desses receber uma ordem por intermédio dele. E sabe Deus que ordem poderá ser! Esse tipo de coisa já aconteceu uma vez – e foi o bastante. Ele compreende isso perfeitamente, podem ficar tranqüilos. Mais não posso revelar. Já sabem agora o que têm de fazer.

O embate teve lugar nas cercanias da cidade de Lübeck, em um imenso campo aberto, escolhido com especial cuidado em deferência ao sentimento geral da divisão de cavalaria de que dessa vez os dois oficiais deveriam enfrentar-se a cavalo. Afinal, esse duelo era um assunto da cavalaria, de sorte que persistir no combate a pé soaria como uma desfeita à própria arma de que se serviam. Os padrinhos, sobressaltados pela natureza singular da sugestão, apressaram-se em consultar os duelistas. O capitão Féraud agarrou-se à idéia com vivacidade. Por alguma razão obscura, sem dúvida relacionada a sua psicologia, imaginava-se invencível montado sobre um cavalo. Encerrado entre as quatro paredes de seu quarto, inteiramente a sós, esfregou as mãos e murmurou triunfante:

– Arrá! Oficialzinho do estado-maior! Agora você é meu!

Por sua parte, o capitão D'Hubert, depois de fitar duramente seus amigos por um tempo considerável, encolheu os ombros de leve. Esse caso complicara sua existência de uma maneira ilógica e irremediável. Àquela altura, um absurdo a mais ou a menos pouco importava: desagradava-lhe todo e qualquer absurdo. Contudo, polido como sempre, lançou um sorriso irônico e comentou com sua voz calma:

– Com certeza, até certo ponto, isso dará um fim à monotonia da coisa.

Quando o deixaram a sós, sentou-se junto a uma mesa e apoiou a cabeça entre as mãos. Não se poupara muito nos últimos tempos, e o marechal vinha mostrando-se particularmente exigente com seus ajudantes-de-ordem. As últimas três semanas de campanha, transcorridas em meio a um clima terrível, acabaram por abalar sua saúde. Quando extenuado, sentia uma pontada no flanco ferido, e essa desconfortável sensação o deprimia constantemente. "Isto também é obra daquele bruto", pensou com amargura.

Um dia antes, havia recebido uma carta de casa anunciando que sua única irmã iria se casar. Ocorreu-lhe que, desde a época em que ela contava dezenove anos e ele vinte e seis, quando partiu para a vida de guarnição em Estrasburgo, não a vira mais do que em duas brevíssimas ocasiões. Haviam sido grandes amigos e confidentes; e agora ela seria entregue a um homem que ele nem ao menos conhecia – um sujeito muito digno, sem dúvida, mas nem metade digno dela. Jamais tornaria a ver sua querida Leonie. Uma cabecinha perspicaz e muito tato; saberia como lidar com o sujeito, não havia a menor dúvida. Tinha a consciência tranqüila quanto à felicidade da irmã, mas sentia-se destronado do lugar soberano que sempre ocupara nos pensamentos da jovem desde que ela começara a falar. Uma melancólica nostalgia dos tempos de infância abateu-se sobre o capitão D'Hubert, terceiro ajudante-de-ordens do príncipe de Ponte Corvo.

Pôs de lado a carta de congratulações que começara a redigir compelido pelo dever social, mas sem o menor entusiasmo. Apanhou uma nova folha de papel e traçou as seguintes palavras: "Esta é minha última vontade e meu testamento". Ao contemplá-las, entregou-se a uma desagradável reflexão; o pressentimento de que jamais veria os cenários de sua infância oprimia o espírito sereno do capitão D'Hubert. Ergueu-se de um ímpeto, empurrando a cadeira para trás, bocejou ostensivamente para mostrar que não dava a menor importância a pressentimentos e, atirando-se sobre a cama, rendeu-se ao sono. Durante a noite, foi acometido por eventuais calafrios, sem contudo acordar. Pela manhã, cavalgou até os arredores da cidade acompanhado lado a lado por seus dois padrinhos, falando de coisas insignificantes e observando à esquerda e à direita, com aparente desinteresse, a densa névoa matinal que cobria as verdes planícies debruadas pelas sebes. Saltou sobre um fosso e divisou as formas de muitos homens que cavalgavam em meio à neblina.

– Ao que parece, teremos de lutar diante de uma platéia – murmurou para si mesmo em tom azedo.

Seus padrinhos mostravam-se um tanto preocupados com as condições atmosféricas, mas logo um sol pálido e abatido conseguiu a duras penas desvencilhar-se do opressivo nevoeiro, e o capitão D'Hubert entreviu ao longe três cavaleiros que galopavam um pouco apartados dos demais. Era o capitão Féraud e seus padrinhos. Sacou seu sabre, certificando-se de que o tinha devidamente preso ao pulso. E agora os padrinhos, que até então se mantinham reunidos em grupo, as cabeças de seus cavalos juntas, afastaram-se a meio-galope, deixando um amplo espaço livre entre ele e seu adversário. O capitão D'Hubert contemplou o sol lívido, os funestos campos, e a imbecilidade do combate iminente encheu-o de tristeza. De um canto afastado da planície, uma voz estentórea berrava comandos a intervalos regulares: *Au pas – Au trot – Charrrgez!...* “Não é à toa que pressentimentos de morte assomam ao espírito de um homem”, pensou ele no exato momento em que picava as esporas em seu cavalo.

E, portanto, restou mais do que surpreso quando, já no primeiro choque, o capitão Féraud expôs-se a um corte na testa que, cegando-o com sangue, pôs termo ao combate que mal havia começado. Era impossível seguir adiante. O capitão D’Hubert, deixando seu inimigo a lançar as mais terríveis imprecações e a cambalear sobre a sela entre seus dois estarrecidos amigos, saltou uma vez mais sobre o fosso em direção à estrada e trotou para casa na companhia de seus dois padrinhos, que pareciam bastante embasbacados com o rápido desfecho do encontro. À noite, o capitão D’Hubert tratou de concluir a carta de congratulações sobre o casamento da irmã.

Concluiu-a tarde da noite. Era uma longa carta. O capitão D’Hubert dera rédeas largas à imaginação. Revelou à irmã que se sentiria bastante solitário depois dessa grande mudança na vida dela, mas haveria de chegar o dia em que também ele se casaria. Na verdade, já vislumbrava o tempo em que não restaria na Europa ninguém mais com quem lutar e em que o período de guerras estaria terminado. “Espero então”, escrevia ele, “não estar demasiado distante do bastão de general, enquanto você já se terá tornado uma mulher casada e experiente. Procurará uma esposa para mim. Já estarei provavelmente careca e um tanto *blasé.* Precisarei de uma companheira jovem, bela, naturalmente, e com um formidável dote, o que me ajudará a encerrar minha gloriosa carreira no esplendor condizente com meu elevado posto." Terminava a missiva com a informação de que acabara de dar uma lição a um sujeito inconveniente e briguento que imaginava ter uma queixa contra ele. "Mas se você, nos rincões mais longínquos de sua província", prosseguia, "alguma vez ouvir dizer que seu irmão é um homem com temperamento de rufião, não acredite nisso sob hipótese alguma. Sabe-se lá que tipo de fofoca de caserna pode chegar aos seus ouvidos. Seja o que for, pode estar certa de que seu sempre adorado irmão não é nenhum duelista." Em seguida, o capitão D'Hubert amassou a folha em branco encabeçada pelas palavras "Esta é minha última vontade e o meu testamento" e atirou-a ao fogo com uma estrondosa gargalhada. Pouco se lhe dava o que aquele lunático pudesse fazer. Adquirira a súbita convicção de que seu adversário era absolutamente incapaz de afetar sua vida em qualquer sentido, a não ser, talvez, conferindo uma dose especial de excitação aos aprazíveis e alegres intervalos entre uma campanha e outra.

Daí em diante, contudo, não haveria mais intervalos de paz na carreira do capitão D'Hubert. Viu os campos de Eylau e Friedland, marchou e contramarchou sobre a neve, o lodo, a poeira das planícies polonesas, colhendo distinção e promoções em todas as estradas da Europa Norte-oriental. Entrementes, o capitão Féraud, despachado para o Sul com seu regimento, travou uma guerra decepcionante na Espanha. Somente quando iniciaram os preparativos para a campanha russa é que foi mandado de volta ao Norte. Deixou para trás a terra das mantilhas e das laranjas sem nenhum pesar.

Os primeiros indícios de uma calvície nada inconveniente realçaram o aspecto altivo da fronte do coronel D'Hubert. Não exibia mais a alvura e suavidade dos tempos de juventude; a expressão outrora franca e amável de seus olhos azuis tornara-se algo severa, como se cansada de espreitar através da fumaça das batalhas. A cabeleira cor de ébano do coronel Féraud, grossa e encrespada como gorro de crina, exibia muitos fios prateados ao longo das têmporas. Uma detestável guerra feita de emboscadas e surpresas inglórias não haviam melhorado seu temperamento. O nariz aquilino fora desagradavelmente acentuado por fundas pregas em cada lado de sua boca. As órbitas redondas de seus olhos irradiavam uma sucessão de rugas. Mais do que nunca, sua fisionomia semelhava a de um pássaro irritadiço e de olhar fixo – algo como uma cruza entre o papagaio e a coruja. Seguia sem medir palavras ao externar sua repugnância a "certos tipos intriguistas". Jamais desperdiçava a oportunidade de declarar que não arranjara seu posto na antecâmara de marechais. Os infelizes, civis ou militares, que, com a intenção de se mostrar agradáveis, imploravam ao coronel Féraud que contasse como conseguira aquela cicatriz estampada na testa ficavam atônitos ao se verem objeto dos mais variados impropérios – alguns dos quais apenas rudes; outros, misteriosamente sardônicos. Os novatos eram gentilmente aconselhados pelos oficiais mais experientes a não fitar a cicatriz do coronel. Mas, de fato, um oficial teria de ser muito novato na carreira para não ter ouvido falar da lendária história do duelo originado por uma misteriosa e imperdoável ofensa.

III

A retirada de Moscou fez submergir num mar de desgraça e miséria todos os sentimentos pessoais. Coronéis sem regimento, D'Hubert e Féraud carregavam seus mosquetes nas fileiras do chamado batalhão sagrado – batalhão composto por oficiais de todas as armas que já não tinham mais tropas a comandar.

Nesse batalhão, coronéis recém-promovidos faziam as vezes de sargentos; generais capitaneavam companhias; e um marechal da França, príncipe do Império, comandava a expedição. Todos se haviam munido de mosquetes recolhidos pela estrada e de cartuchos arrebatados aos cadáveres. Em meio à destruição geral dos laços de disciplina e dever que mantinham coesas as companhias, os batalhões, os regimentos, as brigadas e as divisões de uma hoste armada, esse grupo de homens orgulhava-se de preservar um simulacro de ordem e formação. Os únicos a se extraviar da tropa eram aqueles que debandavam para entregar ao gelo suas almas exaustas. Marchavam penosamente, e sua passagem não perturbava o silêncio mortal das planícies, cintilantes com o brilho lívido da neve que se entendia sob um céu de cinzas. Redemoinhos de vento turbilhonavam os campos, investiam contra a coluna negra, envolviam-na num torvelinho de pingentes de gelo flutuantes e logo amainavam, revelando-a em seu trágico rastejar, carente do ímpeto e da cadência do passo marcial. Avançavam a duras penas, os homens sem trocar palavras nem olhares; tropas inteiras marchavam cotovelo a cotovelo, dia após dia, sem jamais erguer os olhos do chão, como se estivessem perdidas em cogitações desesperadoras. Nas silenciosas e negras florestas de pinheiros, o estalar de galhos sobrecarregados era o único som que ouviam. Muitas vezes, do romper do dia ao cair da noite, não havia quem pronunciasse uma só palavra em toda a coluna. Era como uma marcha macabra de cadáveres a se debaterem a caminho de um túmulo distante. Somente um alarme que indicasse a aproximação de cossacos poderia restituir aos olhos daqueles homens a imagem de resolução marcial. O batalhão fazia meia-volta, dispunha-se em formação de combate ou então formava um quadrado sob o interminável esvoaçar dos flocos de neve. Uma nuvem de cavaleiros com gorros de pele na cabeça e longas lanças em riste berrava "Hurra! Hurra!" à volta da ameaçadora imobilidade donde, com surdas detonações, centenas de chamas de um vermelho escuro eram arremessadas, rasgando o ar suspenso de neve. Ao cabo de brevíssimos instantes, os cavaleiros desapareciam, como se arrastados aos gritos pela ventania, e o batalhão sagrado, imóvel, solitário em meio à nevasca, ouvia não mais do que o uivar do vento, cujas rajadas assestavam o fundo de seus corações. Então, com gritos de "*Vive l'Empereur!*"[10], retomariam sua marcha, deixando para trás, amontoados, alguns corpos sem vida, pequenas nódoas negras na branca imensidão da neve.

Embora freqüentemente marchassem nas mesmas fileiras ou escaramuçassem lado a lado nas florestas, os dois oficiais ignoravam um ao outro – nem tanto por animosidade quanto por uma real e autêntica indiferença. Todas as suas reservas de energia moral eram despendidas no resistir à terrível hostilidade da natureza e à sensação esmagadora do desastre irremediável. Ao fim e ao cabo, contavam entre os mais ativos, os menos desmoralizados do batalhão; sua vigorosa vitalidade conferia-lhes, aos olhos de seus camaradas, o aspecto de um par heróico. E ambos jamais trocavam mais que uma ou duas palavras fortuitas, à exceção do dia em que, combatendo à frente do batalhão um angustiante ataque de cavalaria, viram-se isolados na floresta por um pequeno grupo de cossacos. Um bando de cavaleiros cabeludos com as cabeças guarnecidas com gorros de pele galopava para lá e para cá, brandindo suas lanças em um silêncio funesto; contudo os dois oficiais não revelavam a menor intenção de depor armas, e súbito o coronel Féraud, levando o mosquete ao ombro, gritou com uma voz rouca, semelhante a um rosnado:

– Você se encarrega do brutamontes que está mais perto, coronel D'Hubert; eu dou conta do próximo. Posso atirar melhor do que você.

O coronel D'Hubert assentiu com a cabeça sobre o mosquete apontado. Ambos tinham os ombros

10. Viva o Imperador! (N.T.)

apoiados contra o tronco de uma grande árvore; à sua frente, enormes barricadas de neve os protegiam de uma investida direta. Dois disparos cuidadosamente dirigidos ressoaram no ar gelado, dois cossacos cambalearam sobre suas selas. Os demais, ponderando que a brincadeira não valia o risco, cercaram os companheiros feridos e galoparam para longe do alcance dos mosquetes. Os dois oficiais trataram de juntar-se novamente ao seu batalhão, que interrompera a marcha para passar a noite. Durante aquela tarde, mais de uma vez se haviam apoiado um no outro e, no fim, o coronel D'Hubert, cujas longas pernas lhe facultavam uma vantagem nada desprezível ao caminhar sobre a neve macia, tomou peremptoriamente o mosquete do coronel Féraud e pôs-se a carregá-lo sobre o ombro, usando o seu próprio como cajado.

Nos arredores de um vilarejo semi-soterrado pela neve, um velho celeiro de madeira ardia em uma clara e imensa chama. O sagrado batalhão de esqueletos, seus corpos cobertos por farrapos, amontoava-se sofregamente na direção do vento, estendendo centenas de mãos dormentes, esquálidas, ao encontro das labaredas. Ninguém notara a aproximação dos dois. Antes de adentrar o círculo de luz que roçava as faces encovadas, famélicas, apáticas, foi a vez de o coronel D'Hubert falar:

– Aqui está o seu mosquete, coronel Féraud. Posso andar melhor do que você.

O coronel Féraud anuiu com a cabeça e avançou em direção ao calor das ardentes chamas. O capitão D'Hubert foi mais ponderado, mas não menos decidido a tomar posição na primeira fila. Aqueles por entre os quais abriam caminho tentavam com débeis vivas saudar o reaparecimento dos dois companheiros indomáveis em sua atividade e resistência. Essas virtudes varonis talvez jamais tivessem recebido homenagem mais sublime do que aquela débil aclamação.

Esse é o registro fiel das palavras trocadas entre os coronéis Féraud e D'Hubert durante a retirada de Moscou. O temperamento taciturno do coronel Féraud era resultado de uma fúria concentrada. Pequenino, cabeludo, o rosto sangüíneo tisnado de crostas de sujeira e uma barba que brotava compacta e cerdosa, a mão ulcerada pelo frio envolta em trapos imundos e suspensa por uma tipóia, ele acusava a sorte de uma perfídia sem par contra o sublime Homem do Destino[11]. O coronel D'Hubert, seus longos bigodes caídos como pingentes de gelo em cada lado dos lábios azuis rachados, as pálpebras inflamadas pelo resplendor da neve, a principal peça de sua indumentária consistindo de um casaco de pele de carneiro, arrancado com dificuldade ao cadáver congelado de um vivandeiro encontrado em uma carroça abandonada, contemplava os acontecimentos com olhos mais ponderados. Suas feições simetricamente belas, reduzidas agora a não mais do que traços vincados e cavidades descarnadas, revelavam-se sob uma touca feminina de veludo negro, sobre a qual fora calcado à força um tricórnio apanhado entre as rodas de um furgão militar vazio, que no passado talvez tivesse acomodado a bagagem de algum oficial-general. O casaco de pele de carneiro, curto

11. Referência a Napoleão Bonaparte. (N.T.)

demais para um homem de sua estatura, terminava um tanto acima da sua cintura, e a pele de suas pernas, azuis de frio, desvelavam-se através dos farrapos de suas calças. Dadas as circunstâncias, esse fato não motivava nem zombaria, nem escárnio. A ninguém interessavam os sentimentos ou a aparência do vizinho. O próprio coronel D'Hubert, endurecido por toda sorte de intempéries, padecia sobretudo em seu amor-próprio com a lamentável indecência de seus trajes. Um estouvado poderia pensar que, com todo um exército de corpos inanimados espalhados pelo caminho da retirada, não poderia haver maiores dificuldades em suprir essa deficiência. Mas despojar um cadáver congelado de suas calças não é tarefa tão fácil quanto talvez pareça a um mero teórico. Requer tempo e trabalho. É preciso ficar para trás enquanto os companheiros avançam. E o coronel D'Hubert tinha lá seus escrúpulos quanto a sair da formação. Uma vez que abandonasse as fileiras, não tinha certeza de que algum dia poderia juntar-se novamente a seu batalhão; e a horripilante intimidade de uma luta corpo-a-corpo com um cadáver congelado que, à sua violência, opunha a inflexível rigidez do ferro repugnava a delicadeza de seus sentimentos. Felizmente, certo dia, ao cavoucar um monte de neve entre as choupanas de um vilarejo na esperança de encontrar uma batata congelada ou alguns restos de hortaliça que pudesse colocar entre seus longos e trêmulos dentes, o coronel D'Hubert descobriu um par de esteiras do tipo utilizado pelos camponeses russos para forrar as laterais de suas carretas. Estas, removida a neve congelada, foram vergadas em torno de sua elegante figura e cingidas com firmeza à sua cintura, compondo uma roupa de baixo em forma de sino, uma espécie de anágua tesa, que conferiu a ele um aspecto perfeitamente respeitável, se bem que muito mais vistoso.

Assim equipado, prosseguiu a retirada, sem jamais duvidar da própria salvação, mas tomado por outras apreensões. A alegria de viver que outrora inspirara sua fé no futuro estava destruída. Se o caminho da glória conduzia por travessias tão imprevisíveis, perguntava-se – porque era dado à reflexão – se o guia era de todo confiável. Com efeito, uma tristeza patriótica o afligia, não isenta de certa preocupação pessoal e um tanto diferente da indignação irracional contra homens e coisas alimentada pelo coronel Féraud. Recobrando as energias durante uma estada de três semanas em uma cidadezinha alemã, o coronel D'Hubert ficou surpreso ao descobrir em si próprio uma íntima afeição ao sossego. O vigor que lhe renovava o ânimo era feito de aspirações estranhamente pacíficas. Em silêncio, meditou sobre a curiosa mudança que se operava em seu estado de espírito. Não havia dúvida de que muitos de seus companheiros nas fileiras experimentavam a mesma experiência moral. Mas aquela não era a melhor ocasião para falar disso. Em uma de suas cartas endereçadas à família, o coronel D'Hubert assim escreveu: "Querida Leonie, todos os seus planos para me casar com a jovem encantadora que você descobriu em sua vizinhança nunca pareceram mais distantes. A paz ainda não chegou. A Europa precisa de uma nova lição. Será uma árdua missão para todos nós, mas teremos de levá-la a cabo, porque o imperador é invencível".

Assim escreveu o coronel D'Hubert da Pomerânia à irmã casada, que fixara residência no sul da França. E, até certo ponto, os sentimentos ali expressos não haviam sido repudiados pelo coronel Féraud, que não escrevia cartas a ninguém, cujo pai havia sido um ferreiro analfabeto, que não tinha irmãos nem irmãs e que ninguém desejava ardentemente unir a uma jovem encantadora a fim de que gozasse uma vida pacífica. Ocorre que a missiva do coronel D'Hubert continha também certas generalidades filosóficas sobre a incerteza de todas as esperanças pessoais quando em estreita ligação com o prestigioso destino de um homem incomparavelmente grande, é verdade, ainda que apenas um homem em sua grandeza. Tais impressões teriam se afigurado como rematada heresia ao coronel Féraud. Quaisquer pressentimentos melancólicos acerca das operações militares, ainda que expressos com cautela, teriam sido por ele declarados nada menos do que alta traição. Mas Leonie, a irmã do coronel D'Hubert, leu-os com profunda satisfação e, dobrando a carta com ar pensativo, comentou de si para si que "Armand, com o passar do tempo, provavelmente haveria de se mostrar um homem sensível". Desde que desposara um membro de uma família do Sul, ela passara a acreditar com convicção no retorno do rei legítimo. Esperançosa e aflita, oferecia suas preces noite e dia, e nas igrejas acendia velas em nome da segurança e da prosperidade do irmão.

Leonie tinha todas as razões para crer que suas preces eram ouvidas. O coronel D'Hubert passou por Lutzen, Bautzen e Leipzig sem perder um único membro e valorizando ainda mais sua reputação. Adaptando sua conduta às exigências daqueles tempos de desespero, ele jamais exprimira seus receios. Ocultava-os sob uma alegre cortesia de tão agradável natureza que as pessoas com espanto se perguntavam se o coronel D'Hubert estava ciente dos desastres por que havia passado. Não apenas seus modos, mas também seu olhar permanecia imperturbável. A inabalável brandura de seus olhos azuis desconcertava os lamuriosos e fazia o próprio desespero vacilar.

Tal postura mereceu comentários favoráveis por parte do próprio imperador, pois que o coronel D'Hubert, agora ligado ao estado-maior do general-de-divisão, em diversas ocasiões estivera visível aos olhos imperiais. Mas essa mesma postura exasperava o caráter mais irascível do coronel Féraud. Ao passar por Magdeburg a serviço, este, sentado tristemente à mesa de um jantar em companhia do *comamandant de place*, permitiu-se dizer a respeito de seu adversário de toda a vida:

– Esse homem não ama o imperador.

E suas palavras foram recebidas com profundo silêncio pelos demais convivas. Perturbado em sua consciência com a atrocidade da difamação, o coronel Féraud sentiu a necessidade de respaldá-la com um bom argumento.

– Devo conhecê-lo bem – gritou ele, acrescentando uma série de blasfêmias. – Um homem deve estudar seu adversário. Como todo o exército sabe, enfrentei-o uma meia dúzia de vezes. O que vocês querem mais? Se isso não é ensejo suficiente para qualquer idiota formar uma opinião sobre seu inimigo, que o diabo me carregue se sei o que é!

E olhou em torno da mesa com uma expressão obstinada e sombria.

Mais tarde, em Paris, enquanto se achava extremamente ocupado reorganizando seu regimento, o coronel Féraud veio a saber que o coronel D'Hubert ascendera ao posto de general. Incrédulo, fuzilou com os olhos seu informante, depois cruzou os braços e, resmungando, deu-lhe as costas:

– Nada mais me surpreende da parte desse homem.

E acrescentou em voz alta, volvendo a cabeça por sobre o ombro:

– Eu ficaria imensamente grato se você dissesse ao general D'Hubert, na primeira oportunidade, que sua promoção salvou-o por algum tempo de uma bela enrascada. Estava só esperando que ele aparecesse por aqui!

O outro oficial protestou:

– Como pôde pensar uma coisa dessas, coronel Féraud, justo neste momento em que cada vida deveria ser consagrada à glória e à segurança da França?

Mas o peso da infelicidade provocada pela soma de todos os reveses militares havia estragado o caráter do coronel Féraud. A exemplo do que sucedia a muitos homens, o infortúnio tornara-a perverso.

– Não posso considerar a existência do general D'Hubert de alguma valia nem para a glória, nem para a segurança da França – vociferou com crueldade. – Não pretende, suponho, conhecê-lo melhor do que eu – eu, que já o enfrentei meia dúzia de vezes –, não é?

Seu interlocutor, um homem jovem, limitou-se ao silêncio. O coronel Féraud ia e vinha pela sala

– Não é hora para medirmos as palavras – recomeçou ele. – Não posso acreditar que esse homem tenha algum dia amado o imperador. Arranjou suas estrelas de general limpando as botas do marechal Berthier. Conseguirei as minhas por outros meios, e então resolveremos esse caso, que já se arrasta por tempo demasiado.

Informado indiretamente sobre a atitude do coronel Féraud, o general D'Hubert gesticulou como se para afastar uma pessoa inoportuna. Seus pensamentos eram requisitados para assuntos de maior gravidade. Não tivera tempo de visitar a família. Sua irmã, cujas esperanças monarquistas recrudesciam dia após dia, ainda que orgulhosa do irmão, lamentava até certo ponto sua recente promoção, porquanto lhe infligia a marca proeminente do obséquio do usurpador, coisa que mais tarde poderia exercer efeito adverso sobre sua carreira. Ele lhe escreveu que ninguém mais senão um inimigo inveterado seria capaz de dizer que obtivera sua promoção por favoritismo. Quanto à carreira, assegurou-lhe que suas esperanças para o futuro não iam além do próximo campo de batalha.

Iniciando a campanha da França nesse desalentado estado de espírito, o general D'Hubert foi ferido no segundo dia da batalha de Laon. Enquanto era carregado para fora do campo de combate, ouviu que o coronel Féraud, recém-promovido a general, fora enviado para substituí-lo no comando de sua brigada. Em um impulso, amaldiçoou a própria sorte, incapaz de discernir à primeira vista todas as vantagens que lhe proporcionaria o grave ferimento. E, no entanto, era por meio desse método heróico que a Providência moldava seu futuro. Viajando vagarosamente para o Sul, em direção à residência de campo da irmã, entregue aos cuidados de um velho criado de confiança, o general D'Hubert acabou poupado dos contatos humilhantes e das perplexidades de conduta que tomaram de assalto os homens do império napoleônico no momento de sua queda. Deitado em seu leito, com as janelas abertas de par em par para o sol de Provença, percebeu enfim o incontestável aspecto de bênção transmitido por aquele fragmento pontiagudo de obus prussiano que, ao matar seu cavalo e rasgar-lhe a coxa, salvara-o de um intenso conflito de consciência. Depois de passar os últimos catorze anos de espada em punho montado sobre sua sela, e com o sentimento de que cumprira seu dever até o fim, o general D'Hubert encontrou na resignação uma virtude fácil. A irmã estava encantada com sua sensatez. "Ponho-me inteiramente em tuas mãos, Leonie", ele lhe dissera.

Ainda convalescia quando, agindo em seu favor o bom conceito gozado pela família do cunhado, recebeu do governo régio não apenas a confirmação de seu posto, como também a garantia de que permaneceria na ativa. Some-se a isso uma licença de convalescimento por período ilimitado. A desfavorável opinião mantida a seu respeito nos círculos bonapartistas, apesar de fundada em nada mais sólido que a declaração sem provas do general Féraud, foi diretamente responsável pela manutenção do general D'Hubert na lista dos oficiais em atividade. No que diz respeito ao coronel Féraud, também fora confirmado em seu posto. Era mais do que ele ousara esperar; no entanto, o marechal Soult, então ministro da guerra do rei restituído, mostrava predileção especial pelos oficiais que haviam servido na Espanha. Ocorre que nem mesmo a proteção do marechal bastara para garanti-lo no serviço ativo. Assim, restava irreconciliável, ocioso e sinistro. Em restaurantes obscuros, procurava a companhia de outros oficiais de meio-soldo que com carinho guardavam nos bolsos dos casacos os encardidos, mas gloriosos, velhos cocacares tricolores e cujos uniformes rotos abotoavam com os proibidos botões de águia, declarando-se pobres demais para arcar com os custos da alteração prescrita.

O triunfal regresso de Elba, fato histórico tão maravilhoso e incrível quanto as façanhas de alguns semideuses mitológicos, surpreendeu o general D'Hubert ainda um tanto impossibilitado de montar a cavalo. Tampouco podia caminhar bem. Tais limitações, que madame Leonie julgava muitíssimo auspiciosas, contribuíram para manter o irmão afastado de todo mal possível. De qualquer sorte, seu estado de espírito então, notou ela com desalento, estava longe de ser razoável. Esse oficial-general, ainda ameaçado pela perda de uma perna, certa noite foi descoberto na estrebaria do castelo por um cavalariço que, ao perceber uma luz, lançou um grito de alarme, alertando para a presença de ladrões. Sua muleta jazia enterrada até a metade no leito de palha dos animais e, no interior da baia, o general pulava em uma só perna ao redor de um resfolegante cavalo que tentava encilhar. Tais eram os efeitos da magia imperial sobre um temperamento calmo e uma mente ponderada. Acossado, sob a luz das lanternas do estábulo, por lágrimas, súplicas, indignação, protestos e reprovações por parte de sua família, escapou da difícil situação ao cair desmaiado e, nos braços dos parentes mais próximos, ser carregado até sua cama. Antes que pudesse pôr-se novamente de pé, o segundo reinado de Napoleão, os Cem Dias de febril agitação e supremo esforço, esvaiu-se como um sonho aterrador. O trágico ano de 1815, iniciado em meio à inquietação e ao desassossego das consciências, terminava com condenações de natureza vingativa.

De que modo o general Féraud escapara às garras da Comissão Especial e dos derradeiros trabalhos de um pelotão de fuzilamento ele mesmo jamais veio a saber. Em parte, foi devido à posição subalterna para a qual fora designado durante os Cem Dias. O imperador jamais lhe dera comando ativo, embora o tivesse mantido ocupado no depósito da cavalaria em Paris, armando e despachando para o campo de batalha tropas inteiras treinadas às pressas. Considerando a tarefa indigna de suas capacidades, desempenhou-a sem nenhum zelo digno de nota; porém, acima de tudo, foi a intervenção do general D'Hubert que o salvou dos excessos da reação monarquista.

Este último, usufruindo ainda sua licença de convalescimento, mas já em plenas condições de viajar, fora enviado a Paris pela irmã a fim de se apresentar a seu legítimo soberano. Como era pouco provável que alguém na capital pudesse saber do episódio da estrebaria, ali foi recebido com grande distinção. Militar até o fundo da alma, a perspectiva de ascender na carreira consolava-o pelo fato de se ver objeto da malevolência bonapartista, que o perseguia com uma obstinação que lhe era impossível explicar. Todo o rancor desse partido amargurado e perseguido apontava-o como aquele que jamais havia amado o imperador – uma espécie de monstro essencialmente mais pernicioso do que um mero traidor.

Ante esse feroz preconceito, o general D'Hubert limitou-se a dar de ombros, sem manifestar o menor sinal de raiva. Rejeitado pelos velhos amigos e profundamente desconfiado das tentativas de aproximação por parte da sociedade monarquista, o jovem e belo general (mal completara quarenta anos) adotou uma atitude de fria e escrupulosa cortesia que, à menor sombra de desfeita, passava com facilidade à mais severa insolência. Assim prevenido, foi a Paris tratar de assuntos particulares, sentindo-se no íntimo deveras contente com a revigorante felicidade própria de homens tomados pela paixão. A jovem encantadora eleita por sua irmã entrara em cena e o conquistara por inteiro, da forma cabal como uma jovem cuja simples existência é capaz de fazer seu um homem de quarenta anos. Deveriam casar-se tão logo o general D'Hubert obtivesse a nomeação oficial para o comando que lhe fora prometido.

Certa tarde, sentado no terraço do Café Tortoni, o general D'Hubert veio a saber, pela conversa de dois desconhecidos que ocupavam uma mesa próxima à sua, que o general Féraud, incluído na lista dos oficiais superiores detidos após o segundo retorno do rei, corria o risco de se ver perante a Comissão Especial. Vivendo todos os momentos livres, como costuma acontecer com os amantes à espera, um dia à frente da realidade e em um estado de ociosa alucinação, não foi preciso mais do que o nome de seu perpétuo antagonista pronunciado em voz alta para afastar o mais jovem dos generais de Napoleão da contemplação mental de sua noiva. Passeou os olhos em torno do recinto. Os desconhecidos vestiam trajes civis. Macilentos e curtidos pelo tempo, refestelados em suas cadeiras, eles franziam o cenho para as pessoas, revelando sob a aba dos chapéus enterrados até os olhos uma fisionomia taciturna e desafiadora. Não foi difícil reconhecer neles dois dos oficiais da Velha Guarda reformados compulsoriamente. Uma vez que por bravata ou negligência falassem em um tom de voz alto, o general D'Hubert, que não via o menor motivo para trocar de lugar, escutou cada palavra que disseram. Ao que parecia, não eram amigos pessoais do general Féraud. Seu nome viera à baila em meio a outros. Ao ouvi-lo repetidas vezes, contudo, as ternas expectativas do general D'Hubert quanto a um futuro doméstico adornado pela graça de uma mulher foram trespassadas pela pungente nostalgia de seu passado guerreiro, daquele longo e inebriante choque de armas, único na magnitude de sua glória e desastre – obra maravilhosa e domínio exclusivo de sua geração. Sentiu uma ternura irracional por seu velho adversário e apreciou com emoção o disparate homicida que o embate entre ambos introduzira em sua vida. Era como uma pitada a mais de tempero num prato picante. Recordou o sabor com uma súbita melancolia. Jamais tornaria a senti-lo. Estava tudo acabado. "Imagino que tê-lo deixado estirado no jardim foi o que desde o início o deixou tão exasperado contra mim", pensou com indulgência.

Os dois estranhos na mesa vizinha haviam caído em profundo silêncio após a terceira menção ao nome do general Féraud. Ao cabo de um instante, o mais velho dos dois, tornando a falar num tom amargo, asseverou que a dívida do general Féraud estava liquidada. E por quê? Pela simples razão de que não era como certos figurões que só amavam a si próprios. Os monarquistas sabiam que dele jamais obteriam o que quer que fosse. Amava o Outro com demasiada devoção.

O Outro era o Homem de Santa Helena. Os dois oficiais assentiram com a cabeça e saudaram-se com o tintim de suas taças, antes de beberem a um retorno impossível. Então, o mesmo que falara antes observou com um riso sardônico:

– O adversário dele se mostrou mais esperto.

– Que adversário? – perguntou o mais jovem com ar de perplexidade.

– Então não sabe? Eram dois hussardos. A cada promoção que obtinham, batiam-se em duelo. Quer dizer então que nunca ouviu falar do famoso duelo que se estende desde 1801?

O outro, naturalmente, ouvira falar do duelo. E agora compreendia a alusão. O general Baron D'Hubert poderia desfrutar em paz os favores de seu obeso rei.

– Que faça bom proveito – murmurou o mais velho. – Eram ambos homens valentes. Nunca vi esse D'Hubert; uma espécie de dândi intriguista, pelo que me disseram. Mas não me permito duvidar do que ouvi Féraud dizer a seu respeito: que jamais amou o imperador.

Levantaram-se e partiram.

O general D'Hubert experimentou o horror de um sonâmbulo que desperta de um agradável sonho de atividade para se descobrir andando em meio a um lodaçal. Sobrepujou-o um profundo desgosto pelo terreno sobre o qual progredia. Mesmo a imagem da jovem encantadora foi varrida de sua vista pela torrente de angústia moral que o assaltava. Tudo quanto um dia havia sido ou almejasse ser teria o gosto amargo da infâmia, a menos que pudesse salvar o general Féraud da sina que ameaçava tantos homens bravos. Sob o impulso desse desejo quase mórbido de cuidar da segurança de seu adversário, o general D'Hubert trabalhou tão bem com as mãos e com os pés (como dizem os franceses) que, em menos de 24 horas, encontrou meios de obter uma audiência privada e extraordinária com o ministro da Polícia.

O general D'Hubert fora mandado entrar bruscamente, sem maiores rodeios. No lusco-fusco do gabinete do ministro, atrás dos vultos de uma escrivaninha, de cadeiras e mesas, entre dois punhados de velas de cera que ardiam em candeeiros, ele contemplou a figura que, envergando uma magnífica casaca, posava com jactância diante de um espelho alto. O velho *conventionnel* Fouché, senador do Império, traidor de todo homem, princípio e motivo da conduta humana, duque de Otranto e astuto artífice da Segunda Restauração, provava um traje de corte com o qual sua jovem e talentosa noiva declarara a intenção de ver seu retrato pintado em porcelana. Era um capricho, uma graciosa fantasia a que o primeiro-ministro da Polícia da Segunda Restauração ansiava por satisfazer. Pois que esse homem, amiúde comparado por sua astuciosa conduta a uma raposa, mas de quem o aspecto ético poderia ser simbolizado merecidamente por nada menos empático que um gambá, estava tão dominado pelo amor quanto o próprio general D'Hubert.

Surpreso ao se ver flagrado daquele modo pela gafe de um criado, enfrentou o pequeno aborrecimento com a característica impudência que tão bem lhe servira nas intermináveis intrigas de sua carreira egoísta. Sem alterar a postura um único centímetro, avançando uma perna metida em uma meia de seda e girando a cabeça sobre o ombro esquerdo, chamou calmamente:

– Por aqui, general. Aproxime-se, por gentileza. Pois bem, sou todo ouvidos.

Enquanto o general D'Hubert, constrangido como se uma de suas próprias fraquezas tivesse sido exposta, apresentava sua solicitação com a maior brevidade possível, o duque de Otranto prosseguiu examinando o corte de seu colarinho, ajustando as lapelas diante do espelho e curvando as costas em um esforço por contemplar as abas adornadas de ouro de sua casaca. Se estivesse sozinho, sua face imóvel, os olhos atentos, não poderiam exprimir maior interesse em tais minúcias.

– Excluir das operações da Corte Especial um certo Féraud, Gabriel Florian, general-de-brigada promovido em 1814? – repetiu ele, em um tom de leve admiração, e em seguida voltou as costas para o espelho.

– Por que excluir precisamente esse?

– Estou surpreso que Vossa Excelência, tão competente na avaliação dos homens de seu tempo, tenha julgado conveniente ter esse nome incluído na lista.

– Um bonapartista radical!

– Não menos do que cada granadeiro e cada cavaleiro do exército, como Vossa Excelência bem o sabe. E a personalidade do general Féraud não pode ter peso maior do que a de nenhum granadeiro. Trata-se de um homem sem o menor alcance intelectual, sem a mínima aptidão para o que quer que seja. É inconcebível que um dia possa exercer qualquer influência.

– Entretanto, tem a língua comprida – aparteou Fouché.

– Barulhenta, reconheço, mas nada perigosa.

– Não discutirei com o senhor. O que sei a respeito dele é quase nada. A bem da verdade, mal conheço o seu nome.

– E, no entanto, Vossa Excelência preside a comissão encarregada pelo rei de indicar aqueles que serão julgados – afirmou o general D'Hubert com uma ênfase que não passou despercebida aos ouvidos do ministro.

– Sim, general – disse ele, afastando-se em direção à parte mais escura do vasto aposento e atirando-se sobre uma funda poltrona que o engoliu por inteiro, deixando à mostra apenas o suave brilho dos bordados dourados e a pálida mancha de seu rosto. – Sim, general. Tome esta cadeira aqui.

O general D'Hubert sentou-se.

– Sim, general – prosseguiu o mestre-mor na arte das intrigas e traições, cuja duplicidade, como se por vezes intolerável a si próprio, encontrava alívio em explosões de uma franqueza cínica. – É bem verdade que apressei a formação dessa comissão proscritiva e assumi sua presidência. E sabe por quê? Pelo simples receio de que, se não me precipitasse em tomá-la nas mãos, teria meu próprio nome encabeçando a lista dos proscritos. Estes são os tempos em que vivemos. De toda sorte, ainda sou ministro do rei e pergunto-lhe abertamente por que deveria retirar da lista o nome desse obscuro Féraud. Imagine como seu nome foi parar lá! Será possível que conheça tão pouco os homens? Meu caro general, já na primeira sessão da comissão nomes derramavam-se sobre nós como a chuva sobre o telhado das Tulherias. Nomes! Tínhamos milhares para escolher. Como sabe se o nome desse Féraud, cuja vida ou morte pouco importam para a França, não oculta algum outro nome?

A voz que emergia do fundo da poltrona silenciou. Sentado à sua frente, o general D'Hubert permanecia imóvel, sombrio e calado. Ouvia-se tão-somente o leve tilintar de seu sabre. Então a voz na poltrona recomeçou:

– E, ademais, devemos tentar satisfazer às exigências dos Soberanos Aliados. O príncipe de Talleyrand revelou-me ontem mesmo que Nesselrode informou-o oficialmente do descontentamento de Sua Majestade, o imperador Alexandre, com o pequeno número de homens que o governo do rei pretende punir para servir de exemplo – sobretudo entre os militares. Conto-lhe isso em caráter confidencial.

– Palavra de honra! – prorrompeu o general D'Hubert, falando entre dentes –, se Vossa Excelência se dignar a me favorecer com alguma outra informação confidencial, juro que não sei o que farei. Por ora já basta para um homem partir a espada sobre o joelho e atirar longe os pedaços...

– A que governo o senhor imaginava estar servindo? – interrompeu o ministro, rispidamente.

Após breve pausa, a abatida voz do general D'Hubert respondeu:

– Ao governo da França.

– O senhor tenta apaziguar a consciência com palavras vazias, general. A verdade é que está servindo a um governo de exilados que regressaram, de homens que durante vinte anos viveram sem uma pátria. De homens recém-refeitos de um susto terrível e humilhante... Não guardo ilusões a esse respeito.

O duque de Otranto deteve-se. Aliviara o peito e atingira o propósito de despir de alguma auto-estima aquele homem que inconvenientemente o surpreendera posando, diante do espelho, em trajes de corte bordados a ouro. No entanto, como no exército eram todos uns cabeças-quentes, ocorreu-lhe que não seria nada conveniente se um bem-intencionado oficial-general, recebido em audiência por recomendação de um dos príncipes, ousasse provocar escândalo logo após uma entrevista particular com o ministro. Mudando o tom, ele foi direto ao ponto:

– Parente seu... esse Féraud?

– Não, em absoluto.

– Amigo íntimo?

– Íntimo... Sim. Há entre nós uma ligação íntima cuja natureza me obriga, por uma questão de honra, tentar...

O ministro fez soar uma campainha sem esperar pelo fim da frase. Tão logo o criado se retirou, após haver deposto sobre a escrivaninha um par de pesados candelabros de prata, o duque de Otranto se pôs de pé, o peito todo cintilante de ouro sob a ardente luz, e sacando um pedaço de papel de uma gaveta, susteve-o ostensivamente na mão, enquanto dizia com persuasiva delicadeza:

– Não deve falar em partir a espada no joelho, general. Quiçá jamais consiga outra. Dessa vez, o imperador não retornará... *Diable d'homme*![12] Houve um momento, aqui em Paris, logo depois de Waterloo, em que ele me assustou. Parecia pronto para começar tudo de novo. Mas a verdade, felizmente, é que jamais se pode começar tudo de novo. Não deve pensar em quebrar sua espada, general.

Com o olhar fixo no chão, o general D'Hubert moveu ligeiramente a mão em um desolado gesto de renúncia. O ministro da Polícia desviou seus olhos do outro e esquadrinhou de forma deliberada o papel que o tempo todo mantivera erguido.

– Há apenas vinte oficiais-generais escolhidos para servir de exemplo. Vinte. Um número redondo. E vejamos, Féraud... Ah, aqui está. Gabriel Florian. Perfeitamente. Eis o seu homem. Muito bem, agora são apenas dezenove para servir de exemplo.

O general D'Hubert pôs-se de pé, sentindo como se houvesse padecido de uma doença contagiosa.

– Rogo a Vossa Excelência que mantenha minha intervenção no mais absoluto sigilo. Considero de suma importância que ele jamais venha a saber...

12. Diabo de homem! (N.T.)

– E quem haverá de informá-lo, gostaria de saber? – interpelou Fouché, erguendo os olhos curiosos para o rosto tenso e imóvel do general D'Hubert. – Escolha uma destas canetas e risque você mesmo o nome. Esta é a única lista que há. Se tiver o cuidado de usar bastante tinta, ninguém será capaz de dizer que nome foi cancelado. Mas, por exemplo, não sou responsável pelo que Clarke fará com ele depois. Se persistir naquele radicalismo, será obrigado pelo ministro da Guerra a residir em alguma cidadezinha de província, sob a supervisão da polícia.

Passados alguns dias, o general D'Hubert dizia à irmã, depois de vencidas as primeiras saudações:

– Ah, minha querida Leonie! Tive a impressão de que não conseguiria escapar de Paris a tempo.

– Efeito do amor – insinuou ela com um sorriso malicioso.

– E do horror – acrescentou o general D'Hubert com profunda seriedade. – Estive a ponto de morrer... de náusea.

Tinha o rosto contraído de repugnância. Enquanto sua irmã o observava atentamente, prosseguiu:

– Tive de ver Fouché. Concedeu-me uma audiência. Estive em seu gabinete. Quem quer que tenha tido a infelicidade de respirar o ar no mesmo recinto que esse homem conserva consigo um sentimento de dignidade degradada, uma desconfortável sensação de, afinal, não estar tão limpo quanto desejava... Mas você não pode compreender.

A jovem, contudo, por diversas vezes assentiu vivamente com a cabeça. Ao contrário do que supunha

D'Hubert, ela tudo compreendia com a mais perfeita clareza. Conhecia o irmão a fundo e o estimava tal como era. De mais a mais, o escárnio e a aversão pela humanidade eram terreno do jacobino Fouché, que, ao explorar em benefício próprio cada fraqueza, cada virtude, cada ilusão generosa dos homens, ludibriou toda a sua geração, morrendo obscuramente como duque de Otranto.

– Meu querido Armand – disse ela, tomada de compaixão –, o que você poderia querer daquele homem?

– Nada menos que uma vida – respondeu o general D'Hubert. – E consegui. Era preciso. Mas sinto agora como se jamais pudesse perdoar ao homem que salvei a necessidade que tive de fazê-lo.

Totalmente incapaz (como ocorre com a maioria de nós) de compreender o que lhe acontecia, recebeu do ministro da Guerra a ordem de partir sem demora para uma pequena cidade da França central com um sentimento cuja expressão natural consistia em um feroz revirar de olhos e em um selvagem rilhar de dentes. O fim do estado de guerra – única condição de sociedade que conhecera – que gerou a terrível visão de um mundo em paz atemorizava-o. Rumou para sua cidadezinha interiorana com a firme convicção de que aquilo não poderia durar. Lá chegando, informaram-no de sua reforma militar e de que a pensão a que tinha direito (calculada correspondentemente à patente de coronel) estaria condicionada à correção de sua conduta e aos relatórios positivos por parte da polícia. Fora do exército! Súbito teve a estranha sensação de que não fazia parte desta Terra, qual um espírito desencarnado.

Era impossível existir. Sua primeira reação, contudo, foi de absoluta incredulidade. Não podia ser. Pôs-se à espera de trovões, terremotos, cataclismas naturais, mas nada aconteceu. O peso de chumbo da irremediável ociosidade desabou sobre o general Féraud, que, não encontrando em si mesmo recursos com os quais se safar, afundou em um estado de assombroso embotamento. Vagava pelas ruas da cidadezinha qual um fantasma, os olhos embaçados fitos adiante, desdenhando dos chapéus que se erguiam à sua passagem; e as pessoas, cutucando umas às outras enquanto ele passava, sussurravam:

– Aí está o pobre general Féraud. De coração partido. Vejam como amava o imperador!

Os demais destroços vivos da tempestade napoleônica aglomeravam-se ao redor do general Féraud com infinito respeito. Ele próprio imaginava sua alma esmagada pela dor. Padecia de rápidos e sucessivos desejos de chorar, de urrar, de morder os punhos até o sangue verter, de passar os dias estirado sobre a cama com a cabeça enterrada no travesseiro; porém tais rompantes nada mais eram que produto do aborrecimento, da angústia provocada por um imenso, indescritível e inconcebível enfado. Foi a incapacidade mental de compreender a natureza desesperada de seu caso que o salvou do suicídio. Jamais, sequer por um instante, cogitou essa hipótese. Não pensava em nada. Contudo, seu apetite o abandonara, e a dificuldade que sentia em expressar a natureza opressiva de seus sentimentos (o praguejar mais furioso não lhes faria justiça) induziu-o gradualmente ao hábito do silêncio – espécie de morte para um temperamento meridional.

Enorme, portanto, foi a impressão produzida entre os antigos militares que freqüentavam um pequeno café infestado de moscas quando certa tarde abafada "o pobre general Féraud", sem que ninguém esperasse, desferiu uma saraivada de formidáveis imprecações.

Mantinha-se sentado silenciosamente em seu canto preferido, passando os olhos pelas gazetas de Paris com o mesmo interesse que um condenado às vésperas da execução poderia demonstrar pelas notícias do dia. Um amontoado de rostos marciais, bronzeados, um dos quais sem um dos olhos e outro sem a ponta do nariz, ulcerada pelo frio da Rússia, cercaram-no ansiosos:

– Que é que há, general?

Sentado em posição ereta, o general Féraud sustentava o jornal dobrado com o braço inteiramente esticado, esforçando-se por decifrar os diminutos caracteres. Leu para si mesmo, uma vez mais, fragmentos da notícia que causara o que se poderia dizer sua ressurreição.

Fomos informados de que o general D'Hubert, até o presente momento em licença de convalescimento no sul, será convocado a assumir o comando da 5ª Brigada de Cavalaria em...

Petrificado, deixou cair o diário.

– *Convocado a assumir o comando...*

E, súbito, pespegou um vigoroso tapa na testa.

– Quase o havia esquecido – murmurou com um tom de remorso.

Um veterano de voz estentórea gritou do outro lado do café:

– Alguma nova patifaria do governo, general?

– As patifarias desses canalhas são incontáveis – ribombou o general Féraud. – Uma a mais, uma a menos! – E, baixando o tom, arrematou: – Mas darei uma boa lição em pelo menos um deles.

Circulou o olhar pelos rostos à sua volta.

– Um oficialzinho perfumado, de cachinhos, o queridinho de marechais que venderam o próprio pai por um punhado de ouro inglês. Dentro em pouco saberá que ainda estou vivo – declarou de modo dogmático. – Todavia, isso é assunto particular. Uma antiga questão de honra. Ora! Nossa honra pouca importa. Aqui estamos nós, rechaçados como uma tropa de cavalos imprestáveis, bons apenas para o matadouro. Mas a coisa seria como acertar uma bofetada em nome do imperador... *Messieurs*, precisarei do auxílio de dois de vocês.

Os homens todos deram um passo à frente. Profundamente tocado por essa demonstração, o general Féraud convocou com visível emoção o veterano couraceiro de um olho só e o oficial dos *chasseurs à cheval*[13] que deixara na Rússia a ponta do nariz. Em seguida, justificou sua escolha perante os demais.

– Assunto de cavalaria... Vocês sabem.

Responderam-lhe com um coro variado de "*Parfaitement, mon général... C'est juste... Parbleu, c'est*

13. Regimento da cavalaria ligeira do exército francês. O termo *chasseur* – caçador, em francês – era empregado para designar certos regimentos da infantaria ligeira *(chasseurs à pied)* e da cavalaria ligeira *(chasseurs à cheval)* compostos originalmente por caçadores e lenhadores. (N.T.)

connu..."[14]. Todos estavam satisfeitos. Os três deixaram juntos o café, acompanhados por gritos de "*Bonne chance*"[15].

Ganhando a rua, deram-se os braços, o general entre eles. Os três desbotados tricórnios, gastos *en bataille* e inclinados sinistramente para frente, por pouco não bloqueavam a estreita rua de um lado a outro. A tórrida cidadezinha de pedras cinzentas e telhas vermelhas dormitava sua tarde provinciana sob um céu anil. Os golpes sonoros de um tanoeiro que cingia as aduelas de um barril reverberavam regularmente entre as casas. À sombra dos muros, o general arrastava um pouco o pé esquerdo.

– Esse maldito inverno de 1813 se instalou para sempre em meus ossos. Não há de ser nada. Teremos de usar pistolas, apenas isso. Uma leve dor ciática. Precisamos de pistolas. Ele será presa fácil. Meus olhos estão mais afiados do que nunca. Deviam ter me visto na Rússia abatendo um por um daqueles cossacos escorregadios com um velho mosquete de infantaria. Tenho um dom natural para armas de fogo.

Com tal assomo, o general Féraud avançou, mantendo a cabeça erguida, olhos de coruja e o bico de ave de rapina. Não mais que um combatente ao longo da vida, um homem da cavalaria, um *sabreur*, ele concebia a guerra com a mais cabal simplicidade, como, essencialmente, uma massa compacta de disputas pessoais, uma espécie de duelo gregário. E agora tinha nas mãos a sua

---

14. Perfeitamente, meu general... É mais do que justo... Por Deus, isto se sabe... (N.T.)

15. Boa sorte. (N.T.)

própria e exclusiva guerra. Tornava a viver. A sombra da paz despedia-se dele como a sombra da morte. Era a maravilhosa ressurreição do supracitado Féraud, Gabriel Florian, *engagé volontaire*[16] de 1793, general de 1814, enterrado sem cerimônias mediante ordem assinada pelo ministro da Guerra da Segunda Restauração.

16. Alistado voluntariamente. (N.T.)

IV

Não há homem que triunfe em todas as suas empresas. Nesse sentido, somos todos fracassados. O essencial é não fracassarmos em determinar e sustentar o esforço de nossas vidas. Nesse particular, é a vaidade que nos faz perder o rumo. Ela nos precipita em situações das quais forçosamente saímos feridos, ao passo que o orgulho é nossa salvaguarda – tanto pela reserva que impõe à escolha de nosso empreendimento quanto pela virtude de seu poder de sustentação.

O general D'Hubert era orgulhoso e reservado. Não saíra ferido de seus fortuitos casos de amor, exitosos ou não. No corpo escoriado pela guerra, seu coração de quarenta anos restava sem um único arranhão. Ao consentir com certa reserva aos planos matrimoniais da irmã, teve a irremediável sensação de que caía de amor como quem cai de um telhado. Era orgulhoso demais para se sentir assustado. De fato, a sensação era deliciosa demais para alarmá-lo.

A inexperiência de um homem de quarenta anos é coisa muito mais séria que a de um jovem de vinte, pois não pode socorrer-se dos rompantes de um temperamento impetuoso. A jovem era misteriosa, como de resto o são as jovens por mero efeito de sua comedida ingenuidade; ocorre que o mistério daquela moça se lhe afigurava excepcional e fascinante. Mas nada havia de misterioso no arranjo matrimonial promovido por Madame Leonie. Tanto quanto nada havia de peculiar. Era um casamento bastante conveniente, recomendado entusiasticamente pela mãe da jovem (o pai havia morrido) e tolerado pelo tio – um velho *émigré* que acabara de retornar da Alemanha e que, de bengala na mão, vagava qual um esquálido fantasma do *ancien régime* pelas alamedas jardinadas da ancestral propriedade de sua sobrinha.

O general D'Hubert não era homem que se satisfizesse apenas com a mulher e com a fortuna – chegado o momento decisivo. Seu orgulho (e o orgulho sempre almeja o verdadeiro sucesso) não se conformaria com nada menos que o amor. Mas como o verdadeiro orgulho não comporta a vaidade, era incapaz de imaginar o menor motivo pelo qual essa misteriosa criatura de profundos e cintilantes olhos violáceos pudesse devotar-lhe qualquer sentimento mais cálido do que a indiferença. A jovem (seu nome era Adèle) fazia gorar qualquer tentativa de elucidá-lo. Era verdade que essas tentativas eram canhestras e executadas timidamente, uma vez que então o general D'Hubert já adquirira profunda consciência do peso de seus anos, de suas feridas, de suas muitas imperfeições morais, de sua recôndita indignidade – e incidentalmente, por experiência própria, aprendera o sentido da palavra medo. Até onde lhe era dado compreender, a amada parecia sugerir que, com uma confiança irrestrita no afeto e na sagacidade de sua mãe, não nutria pela pessoa do general D'Hubert nenhuma aversão que fosse insuperável – e isso era razão suficiente para uma jovem bem-educada iniciar sua vida de casada. Essa visão feria e atormentava o orgulho do general D'Hubert. E, no entanto, ele indagava a si mesmo, com uma espécie de doce desespero: o que mais poderia esperar? Ela tinha a fronte serena e luminosa. Seus olhos violeta sorriam, enquanto as linhas dos lábios e do queixo permaneciam compostas com admirável gravidade. Tudo realçado por uma esplêndida cabeleira loura, por uma compleição tão maravilhosa, por tamanha graça na maneira de se expressar que o general D'Hubert, com efeito, jamais encontrou ocasião para examinar com suficiente imparcialidade as elevadas exigências de seu orgulho. Na verdade, começava a declinar dessa linha de investigação, já que o levara uma ou duas vezes a uma solitária crise de paixão, em meio à qual pesara sobre sua consciência o fato de que a amava o suficiente para antes matá-la do que perdê-la. Desses episódios, familiares aos homens de quarenta anos, sairia arrasado, extenuado, compungido, um tanto consternado. Extraía, em contrapartida, considerável conforto da prática quietista de vez ou outra sentar-se diante da janela aberta durante metade da noite e meditar sobre o milagre da existência da amada qual um crente perdido na mística contemplação de sua fé.

Não se deve supor, contudo, que tais oscilações em seu estado de espírito se manifestassem ao mundo exterior. O general D'Hubert não via a menor dificuldade em se mostrar adornado de sorrisos. Porque, de fato, estava muito feliz. Seguia as regras consagradas de sua condição, mandando flores (colhidas dos jardins e estufas da irmã) às primeiras horas de cada manhã e, um pouco mais tarde, almoçando com sua prometida, a mãe e o tio *émigré*. Passavam a metade do dia perambulando ou sentados à sombra. Uma atenta deferência de sua parte, beirando a ternura, era a marca do relacionamento entre os dois – o discurso jocoso ocultando a profunda agitação que a inacessível proximidade da amada provocava em todo o seu ser. Ao cair das tardes, o general D'Hubert caminhava de volta para casa através dos vinhedos, às vezes intensamente desgraçado, às vezes supremamente feliz, às vezes melancolicamente triste, mas sempre experimentando uma especial intensidade de existir, essa exaltação comum a artistas, poetas e amantes – a homens acossados por uma grande paixão, por um pensamento nobre ou por uma nova visão de beleza plástica.

Nesses dias, o mundo exterior afigurava-se sem nenhuma nitidez especial aos olhos do general D'Hubert. Certa noite, entretanto, ao cruzar o cimo de uma colina da qual podia enxergar ambas as casas, divisou ao longe, na estrada, a silenciosa movimentação de dois vultos. O dia fora sublime. A festiva decoração de um céu inflamado emprestava um fulgor suave aos sóbrios matizes dos campos meridionais. As rochas cinzentas, os campos terrosos, as purpúreas distâncias ondulantes, harmonizadas em uma combinação luminosa, já exalavam o perfume vespertino. As duas figuras ao fundo da estrada surgiam como duas rígidas e inexpressivas silhuetas inteiramente negras sobre a faixa de terra branca. O general D'Hubert identificou os longos e eretos capotes militares, abotoados com rigor até as largas gravatas negras, os tricórnios, os semblantes macilentos, entalhados, bronzeados – velhos soldados – *vieilles moustaches*[17]! O mais alto dos dois usava um emplastro negro sobre um olho; a fisionomia dura e seca do outro apresentava certa peculiaridade bizarra, inquietante, que a uma distância menor revelou ser a ausência da ponta do nariz. Erguendo as mãos para saudar o civil ligeiramente coxo que caminhava apoiado sobre uma grossa bengala, perguntaram pela casa onde residia o general Baron D'Hubert e sobre a melhor maneira de falar-lhe a sós.

– Se consideram este lugar reservado o bastante – respondeu o general D'Hubert, circulando o olhar pelos vinhedos que se estendiam à sua volta, emoldurados por linhas purpúreas e dominados pelo borrão dos muros cinzentos e monótonos de um vilarejo aninhado no topo de uma colina em forma de cone, de tal modo que a grosseira torre de uma igreja parecia não mais que o pico de uma coroa rochosa –, se consideram este local reservado o bastante, podem falar com ele agora mesmo. E lhes peço, camaradas, que falem francamente, com total confiança.

Ao ouvi-lo, recuaram um passo e tornaram a levar as mãos aos chapéus com acentuada cerimônia. Em seguida, o de nariz lascado, falando pelos dois, comentou que o assunto era bastante confidencial e que deveria ser arranjado com a máxima discrição. Seu general

17. Bigodes velhos, antiquados. (N.T.)

estava instalado no vilarejo adiante, onde os infernais camponeses – malditos sejam seus infiéis corações monarquistas! – perscrutavam acintosamente os três modestos militares. Por ora, deveria apenas perguntar pelo nome dos amigos do general D'Hubert.

– Que amigos? – perguntou o atônito general D'Hubert, totalmente desorientado. – Estou hospedado na residência de meu cunhado, ali adiante.

– Bem, ele servirá ao propósito – respondeu o veterano de nariz lascado.

– Somos amigos do general Féraud – aparteou o outro, que até então se conservara em silêncio, apenas fuzilando com seu único olho aquele que jamais amara o imperador. Era de fato algo a se contemplar. Pois mesmo os Judas engalanados de ouro que o haviam vendido aos ingleses, os marechais e os príncipes, mesmo eles algum dia o amaram. Mas o homem em apreço *jamais* amou o imperador. O general Féraud o afirmara categoricamente.

O general D'Hubert sentiu um ruidoso sopro dentro do peito. Por uma infinitesimal fração de segundo, era como se o movimento rotacional da Terra se fizesse perceptível com um medonho e ligeiro sussurro na eterna quietude do espaço. Mas esse ruído sangüíneo em seus ouvidos logo emudeceu. Involuntariamente, murmurou:

– Féraud! Tinha esquecido que ele existia.

– No momento ele está existindo, e em situação bastante desconfortável, é verdade, na abominável estalagem daquele covil de selvagens lá em cima – respondeu o couraceiro zarolho com ironia. – Chegamos a estas bandas há uma hora em cavalos de posta. Ele aguarda com impaciência nosso retorno. Não há tempo a perder, o senhor compreende. O general infringiu a ordem ministerial a fim de obter do senhor a satisfação a que tem direito pelas leis da honra e está ansioso, naturalmente, para acabar com isso tudo antes que a *gendarmerie*[18] fareje sua pista.

O outro esclareceu um pouco melhor a idéia:

– Retornar na surdina, compreende? Ssshh! Quem não é visto não é lembrado. Também infringimos a lei. Seu amigo, o rei, ficaria contente em cortar nosso miserável soldo na primeira oportunidade. É um risco. Mas antes de tudo está a honra.

O general D'Hubert recuperara o dom da fala.

– Então os senhores vêm até aqui assim, pela estrada, convidar-me para um duelo mortal com aquele... aquele...

Apoderou-se dele uma espécie de fúria hilariante:

– Ha! Ha! Ha! Ha!

Com os punhos cerrados sobre os quadris, ria às bandeiras despregadas, enquanto os dois permaneciam à sua frente, eretos em sua fragilidade, como se em um estrépito tivessem sido abocanhados por um alçapão, restando estacados sobre o solo. Senhores da Europa há apenas 24 meses, já exibiam o aspecto de fantasmas do passado; pareciam menos materiais em seus capotes desbotados do que suas estreitas sombras incidindo tão negras sobre a estrada branca: sombras militares e grotescas de vinte anos de guerra e conquistas. Tinham a aparência exótica de dois imperturbáveis monges da

18. Gendarmaria: corpo de soldados da força policial da França. (N.T.)

religião da espada. E o general D'Hubert, também ele um dos ex-senhores da Europa, escarnecia desses graves fantasmas que se punham em seu caminho.

Um dos dois, indicando ao outro o risonho general com um espasmódico movimento de cabeça, comentou:

– Companheiro alegre, esse aí.

– Há entre nós alguns que não sorriem desde o dia em que o Outro se foi – observou seu camarada.

Um violento impulso de avançar contra aqueles espectros imateriais e sová-los até caírem por terra amedrontou o general D'Hubert. Súbito, parou de rir. Seu desejo agora era livrar-se deles, afastá-los de sua vista o mais depressa possível, antes que perdesse o controle de si mesmo. Admirava-o a fúria que sentia crescer em seu peito. Mas, naquele momento, não dispunha de tempo para examinar a origem dessa peculiaridade.

– Compreendo que queiram terminar comigo o quanto antes. Pois então não desperdicemos nosso tempo com cerimônias vazias. Estão vendo aquele bosque lá adiante, ao pé daquela encosta? Sim, o bosque de pinheiros. Encontremo-nos lá ao amanhecer. Trarei comigo minha espada ou minhas pistolas – ou ambas, se preferirem.

Os padrinhos do general Féraud entreolharam-se.

– Pistolas, general – disse o couraceiro.

– Que seja. *Au revoir*, até a matina. Por ora, permitam-me aconselhá-los a não dar na vista se não quiserem a *gendarmerie* fazendo perguntas sobre os senhores antes de escurecer. Forasteiros são raros neste canto do país.

Cumprimentaram-se em silêncio. O general D'Hubert, virando as costas para os dois vultos em retirada, conservou-se imóvel no meio da estrada por um longo tempo, mordendo o lábio inferior e fitando o chão. Em seguida, pôs-se a andar em linha reta, retornando sobre os próprios passos até se ver diante do portão da propriedade de sua prometida. Caíra a noite. Como que paralisado, contemplou por entre as grades a imponente frontaria da mansão, cujo brilho cintilante estendia-se para além das moitas e árvores. Passos fizeram estralejar o cascalho e, no instante seguinte, uma forma alta e vergada emergiu da aléia lateral que corria paralelamente ao lado interno do muro do jardim.

Le Chevalier de Valmassigue, tio da adorável Adèle, ex-brigadeiro do exército dos príncipes, encadernador em Altona, mais tarde sapateiro (com excelente reputação pela elegância na confecção de calçados para senhoras) em outra pequena cidade alemã, trajava meias de seda em suas pernas magras, sapatos baixos com fivelas prateadas e um magnífico colete de brocado. Uma casaca de longas abas, *à la française*, cobria com folga suas costas esguias e arqueadas. Um pequeno tricórnio repousava sobre uma massa de cabelos polvilhados, atados em um rabicho.

– *Monsieur le Chevalier* – chamou o general D'Hubert com um sussurro.

– Ora essa! O senhor aqui de novo, *mon ami*? Acaso esqueceu-se de algo?

– Céus! É isso mesmo. Esqueci-me de fato. Voltei aqui para dizer-lhe. Não, aqui fora. Atrás deste muro. A coisa é medonha demais para que a deixemos adentrar onde ela vive.

O Chevalier saiu prontamente, com aquela resignação benevolente que pessoas de idade costumam demonstrar para com os caprichos da juventude. Um quarto de século mais velho que o general D'Hubert, tomava-o no íntimo de seu coração como um jovem apaixonado um tanto enfadonho. Ouvira muitíssimo bem suas palavras enigmáticas, mas não atribuía importância excessiva ao que pudesse dizer ou fazer um simples moço de quarenta anos. A mentalidade da geração de franceses crescida durante seus anos de exílio era-lhe praticamente ininteligível. Seus sentimentos se lhe afiguravam por demais violentos, carentes de *finesse* e moderação, o linguajar desnecessariamente exagerado. Com calma, avançou até a estrada para se juntar ao general, e ambos deram alguns passos em silêncio, o último esforçando-se por dominar sua agitação e regular a voz no tom apropriado.

– É a mais pura verdade: esqueci-me de algo. Até meia hora atrás, não recordava que tinha em minhas mãos uma urgente questão de honra a tratar. É incrível, mas é verdade!

Por um instante, tudo restou em silêncio. Então, no profundo silêncio da noite da campanha, ouviu-se a voz envelhecida, ligeiramente trêmula do Chevalier:

– *Monsieur*! Isso é uma ignomínia!

Foi seu primeiro pensamento. A jovem nascida durante seu exílio, filha póstuma do pobre irmão assassinado por uma horda de jacobinos, tornara-se, desde o seu regresso, objeto de extremo carinho por parte daquele velho coração que por tantos e tantos anos se alimentara de escassas memórias afetivas.

– Escute aqui, isso é inconcebível! Um homem deve acertar suas contas antes de pensar em pedir a mão de uma jovem! Ora essa! Tivesse esquecido o caso por mais dez anos, o senhor teria se casado antes de recobrar a memória. Na minha época, os homens não esqueciam essas coisas – tampouco a reverência que se deve prestar aos sentimentos de uma jovem inocente. Se não as respeitasse eu mesmo, classificaria sua conduta de um modo que o senhor não iria gostar.

Com um gemido, o general D'Hubert desafogou o peito.

– Não deixe que essa consideração o impeça. O senhor não corre o menor risco de ofendê-la mortalmente.

Mas o ancião não prestou a mínima atenção ao disparate daquele amante. Mal se pode dizer que o tenha ouvido.

– De que se trata? – perguntou. – Qual a natureza desse...?

– Digamos que se trate de um desatino juvenil, Monsieur le Chevalier. O resultado inconcebível, incrível, do...

Deteve-se abruptamente.

"Jamais acreditará em minha história", pensou. "Achará que o tomo por tolo e se ofenderá."

O general D'Hubert tornou a falar:

– Sim, tendo partido de um desatino juvenil, a coisa acabou por se tornar...

O Chevalier interrompeu:

– Bem, então a questão precisa ser arranjada.

– Arranjada?

– Sim, não importa quanto custe ao seu amor-próprio. Devia ter lembrado que estava comprometido. Também se esqueceu disso, suponho. Então vá e esqueça sua rixa. É a mais desesperada exibição de frivolidade de que já ouvi falar.

– Santo Deus, *monsieur*! Não imagina por certo que cavei essa rixa da última vez que estive em Paris, ou qualquer coisa do gênero, pois sim?

– Ei! Que importa a data exata de sua conduta insana? – exclamou o Chevalier com impaciência. – O essencial agora é arranjar a coisa.

Ao notar que o general D'Hubert começava a ficar irrequieto e ansioso por apartéa-lo, o velho *émigré* ergueu a mão e acrescentou com dignidade:

– Também já fui um soldado. Jamais me atreveria a sugerir um procedimento duvidoso ao homem cujo nome minha sobrinha ostentará. Asseguro-lhe que, entre homens distintos um caso como esse sempre pode ser arranjado.

– Mas *saperlotte*[19], Monsieur le Chevalier, isso foi há quinze ou dezesseis anos. Naquele tempo, eu era tenente dos hussardos.

O velho Chevalier parecia confuso diante do veemente desespero contido no tom dessa informação.

– Há dezesseis anos o senhor era um tenente dos hussardos... – murmurou aturdido.

– Ora, sim! Não imaginou que tivesse obtido a patente de general desde o berço, como um príncipe real.

No crescente crepúsculo purpúreo dos campos atapetados pelas folhas das vinhas, apoiado a oeste sobre

19. Interjeição que expressa admiração. (N.E.)

uma faixa rasa de um carmesim sombrio, a voz do velho ex-oficial do exército dos príncipes soou controlada, escrupulosamente civil.

– Estarei sonhando? Será isso um gracejo? Ou devo entender que o senhor vem incubando esse embate há dezesseis anos?

– Estou preso a ele durante todo esse tempo. É isso, precisamente, o que quero dizer. A disputa em si não é coisa que se possa explicar com facilidade. É claro que durante esse período nos enfrentamos por diversas vezes.

– Que modos! Que terrível perversão da virilidade! Nada pode explicar tamanha desumanidade senão a loucura sanguinária da Revolução que contaminou toda essa geração – refletiu num murmúrio o *émigré* retornado. Elevando o tom, indagou: – Quem é o seu adversário?

– Meu adversário? Seu nome é Féraud.

Sombrio em seu tricórnio e suas roupas antiquadas, qual um espectro esquálido e arqueado do *ancien régime*, o Chevalier evocou uma recordação fantasmagórica:

– Lembro-me bem da contenda que se estabeleceu entre Monsieur de Brissac, capitão da Guarda de Corpo, e D'Anjorrant (não o das marcas de varíola, o outro – o "*Beau* d'Anjorrant", como era conhecido) em torno da pequena Sophie Derval. Duelaram três vezes em dezoito meses, do modo mais galante. A culpa também fora daquela pequena Sophie, que insistia com suas brincadeiras...

– Não se trata de nada parecido – interrompeu o general D'Hubert, soltando uma gargalhada algo sarcástica. – A coisa não é tão simples assim – acrescentou. – Nem sequer tão razoável – concluiu de modo inaudível, entre dentes, rilhando-os com raiva.

Após esse ruído, nada perturbaria o silêncio por um bom tempo, até o Chevalier perguntar, sem a menor animação:

– O que é esse tal... Féraud?

– Tenente dos hussardos também – quero dizer, é general. Um gascão. Filho de um ferreiro, creio eu.

– Aí está! Já imaginava. Aquele Bonaparte tinha especial predileção pela *canaille*[20]. Não me refiro à sua pessoa, *monsieur* D'Hubert. O senhor é um de nós, ainda que tenha servido a esse usurpador, que...

– Vamos deixá-lo fora disso – aparteou o general D'Hubert.

O Chevalier encolheu os ombros pontiagudos.

– Um qualquer chamado Féraud. Cruza de um ferreiro com alguma vagabunda de aldeia. Veja no que dá misturar-se com gente dessa laia.

– O senhor mesmo fazia sapatos, Chevalier.

– Sim, mas não sou filho de sapateiro. Tampouco o senhor, *monsieur* D'Hubert. O senhor e eu temos algo que falta a esses príncipes, duques e marechais de Bonaparte, algo que nada na Terra pode lhes dar – retorquiu o *émigré* com a animação crescente de um homem que se apoderou de um argumento auspicioso. – Essa gente não existe, todos esses Féraud! O que é Féraud? Um *va-nu-pieds*[21] travestido de general por

20. Canalha. (N.T.)

21. Vagabundo, mendigo, esfarrapado. (N.T.)

um aventureiro corso disfarçado de imperador. Não há a menor razão para um D'Hubert se aviltar-se em um duelo com alguém desse tipo. O senhor pode muito bem lhe apresentar suas escusas. E se o *manant*[22] bater pé em recusá-las, basta negar-se a enfrentá-lo.

– Crê o senhor que poderei fazê-lo?

– Piamente. Com a mais tranqüila consciência.

– Monsieur le Chevalier! Para onde pensa que retornou do exílio?

Isso foi dito em um tom a tal ponto alarmante que o ancião soergueu com veemência a cabeça curvada, deixando vislumbrar as melenas prateadas sob as três pontas de seu pequeno tricórnio. Por um momento, ele não emitiu qualquer som.

– Só Deus sabe – disse enfim, apontando com um gesto lento e grave uma alta cruz armada sobre um bloco de pedra à margem da estrada, com seus negros braços de ferro forjado estendidos contra o vermelho cada vez mais sombrio do firmamento. – Só Deus sabe! Não fosse por esse emblema, que lembro ter visto neste local quando criança, perguntar-me-ia por que foi que nós, que permanecemos fiéis a Deus e a nosso rei, decidimos retornar. Até as vozes das pessoas mudaram.

– Sim, a França está mudada – disse o general D'Hubert. Parecia ter recobrado a calma. Seu tom era levemente irônico. – Portanto, não posso seguir seu conselho. Além disso, como alguém pode recusar-se a ser mordido por um cão disposto a morder? É impraticável. Creia-me, Féraud não é homem que se possa

22. Bronco, grosseirão. (N.T.)

deter com apologias e recusas. Mas há outros meios. Eu poderia, por exemplo, solicitar a um mensageiro que levasse um recado ao brigadeiro da *gendarmerie* em Senlac. Bastaria uma simples ordem minha para que ele e seus dois amigos fossem detidos. A coisa daria pano para manga entre os militares dos dois exércitos, o organizado e o desmobilizado – sobretudo o desmobilizado. Todos uma *canaille*! Todos outrora companheiros de armas de Armand D'Hubert. Mas por que um D'Hubert haveria de se preocupar com o que pensam pessoas que não existem? Ou, melhor ainda, posso pedir a meu cunhado que vá até o prefeito da aldeia e lhe dê uma pista. Mais não seria necessário para que os três "bandidos" se vissem caçados com manguais e forcados e, por fim, atirados em um belo fosso profundo e úmido – quem não é visto não é lembrado! Foi o que aconteceu a apenas dez milhas daqui com três pobres-diabos, dispensados dos Lanceiros Vermelhos da Guarda, quando voltavam para seus lares. O que lhe diz a consciência, Chevalier? Pode um D'Hubert fazer uma coisa dessas a três homens que não existem?

Algumas estrelas haviam despontado, límpidas como cristal, na obscuridade azul do céu. A voz seca, tênue do Chevalier falou com severidade:

– Por que está me contando tudo isso?

O general apertou com força a velha mão murcha.

– Porque lhe devo a mais absoluta confiança. Quem mais, senão o senhor, poderia falar a Adèle? Agora compreende por que não ouso confiar em meu cunhado, sequer em minha própria irmã, Chevalier!

Estive tão perto de fazer essas coisas que ainda sinto o coração estremecer. Quem dera o senhor soubesse quão terrível me parece esse duelo. E não há escapatória.

Após breve pausa, murmurou:

– É uma fatalidade.

Então, soltou a mão passiva do Chevalier e, no tom coloquial que lhe era peculiar, observou:

– Terei de ir sem padrinhos. Se for minha sina restar prostrado ao solo, o senhor ao menos saberá de tudo o que se pode divulgar acerca desse caso.

O espectro sombrio do *ancien régime* parecia ter ficado ainda mais arqueado durante a conversa.

– Como poderei manter uma expressão de indiferença ante essas duas mulheres esta noite? – suspirou ele. – General! Considero muito difícil perdoá-lo.

O general D'Hubert não retrucou.

– Ao menos é boa a sua causa?

– Sou inocente.

Dessa vez, ele agarrou o fantasmagórico braço do Chevalier acima do cotovelo e, apertando-o com força, revelou:

– Tenho de matá-lo – sibilou e, abrindo a mão, afastou-se a passos largos pela estrada.

As delicadas atenções de sua amorosa irmã haviam garantido ao general D'Hubert liberdade de movimentos na casa onde estava hospedado. Contava inclusive com sua própria entrada, através de uma portinhola situada em um canto do laranjal. De sorte que essa noite não estaria exposto à necessidade de dissimular sua agitação perante a tranqüila ignorância dos demais hóspedes. Estava contente por isso. Tinha a impressão de que, se tivesse de abrir os lábios, prorromperia em terríveis e inconseqüentes imprecações, culminando por destruir a mobília e arrasar com porcelanas e cristais. A partir do momento em que abriu sua porta particular e enquanto galgava os vinte e oito degraus da escada em espiral que dava acesso ao corredor na qual se achava seu quarto, imaginou a cena terrível e humilhante em que um louco enfurecido, com os olhos injetados e a boca salivante, operava um inconcebível massacre contra todos os corpos inanimados que se podem encontrar em uma bem-mobiliada sala de jantar. Ao abrir a porta do seu dormitório, o acesso havia se dissipado, mas tão grande era a fadiga de seu corpo que ele se viu obrigado a se apoiar nos espaldares das cadeiras enquanto cruzava a peça na direção de um baixo e amplo divã, sobre o qual se deixou cair pesadamente. Sua prostração moral era ainda maior. A brutalidade desse sentimento que só experimentara quando, de sabre em punho, investira contra o inimigo assombrava este homem de quarenta anos, que não reconhecia nela a fúria instintiva de sua paixão ameaçada. Contudo, em seu esgotamento físico e mental, essa paixão se clarificou, se destilou, se refinou em um sentimento de melancólico desespero ante a idéia de que talvez tivesse de morrer antes de ter ensinado essa encantadora jovem a amá-lo.

Aquela noite, o general D'Hubert, ora estendido de costas sobre o divã com as mãos a lhe cobrir os olhos, ora estirado de bruços com o rosto enterrado em uma almofada, lançou-se a uma completa peregrinação por suas emoções. Uma nauseabunda repugnância pelo absurdo de sua situação, dúvidas quanto à própria capacidade de conduzir sua existência e certa desconfiança em relação aos seus melhores sentimentos (por que diabos fora ter com Fouché?) – ele as conhecia uma por uma. "Sou um idiota, nem mais, nem menos", pensou de si para si. "Um idiota sensível. Porque tive o acaso de ouvir dois homens conversando em um café... Sou um idiota que teme mentiras – quando na vida só a verdade importa."

Por diversas vezes levantou-se e, andando de meias a fim de que ninguém escutasse seus passos no andar de baixo, bebeu toda a água que pôde encontrar em meio à escuridão. E também provou dos tormentos provocados pelo ciúme. Ela se casaria com outro. Sua própria alma se debatia. A tenacidade desse Féraud, a terrível persistência desse brutamontes imbecil, tomou-o de assalto com a força tremenda de um destino implacável. O general D'Hubert tremia ao depor o jarro vazio. "Ele vai me matar", pensou. O general D'Hubert experimentava cada emoção que a vida tem a oferecer. Conservava em sua boca seca o sabor levemente enjoativo do medo, não o medo compreensível ante o olhar cândido e sorridente de uma jovem, mas o medo da morte e o medo da covardia próprio dos homens honrados.

No entanto, se a verdadeira coragem consiste em sair ao encontro de um perigo detestável ante o qual nosso corpo, alma e coração recuam juntos, o general D'Hubert tinha a oportunidade de praticá-la pela primeira vez em sua vida. Já investira de modo triunfante contra baterias e esquadrões de infantaria e, sem pestanejar, transportara mensagens em meio a saraivadas de projéteis. Agora teria de esgueirar-se silenciosamente, ao romper do dia, na direção de uma morte obscura e revoltante. O general D'Hubert por nenhum momento hesitou. Carregava duas pistolas em uma bolsa de couro posta a tiracolo. Antes que tivesse cruzado o jardim, sua boca tornou a secar. Apanhou duas laranjas. Somente após fechar o portão atrás de si é que sentiu uma leve fraqueza.

Trôpego, seguiu em frente sem fazer caso disso, e, após vencer alguns metros, recuperou o domínio de suas pernas. No alvorecer incolor e diáfano, a floresta de pinheiros destacava com grande nitidez suas colunas de troncos e seu dossel verde-escuro contra os rochedos da encosta cinzenta. Manteve os olhos imperturbavelmente fixos nela e, enquanto progredia, chupou uma laranja. Aquela bem-humorada serenidade em face do perigo, característica que tanto lhe valera a estima dos companheiros quanto o apreço de seus superiores, aos poucos tornava a se afirmar. Era como partir para a batalha. Ao alcançar a borda da floresta, sentou-se sobre um imenso rochedo e, segurando na mão a outra laranja, censurou-se por ter chegado tão ridiculamente cedo ao local do embate. Não tardou muito, contudo, para que ouvisse o farfalhar dos arbustos, passos sobre o solo duro e o estrépito de uma conversa desconexa. Uma voz saída de algum lugar à sua retaguarda exclamou com prepotência:

– Carne fresca para o meu bornal.

Pensou consigo: "Aqui estão eles. Que carne fresca será essa? Estarão falando de mim?". E, percebendo a outra laranja em sua mão, pensou mais adiante: "Excelentes, estas laranjas. São do pomar de Leonie. Poderia perfeitamente comer esta aqui agora, em vez de jogá-la fora".

Emergindo de um deserto de rochas e arbustos, o general Féraud e seus padrinhos descobriram o general D'Hubert empenhado em descascar a laranja. Conservaram-se imóveis, à espera de que erguesse os olhos. Em seguida, os padrinhos acenaram com seus chapéus, enquanto o general Féraud, cruzando as mãos às suas costas, afastou-se alguns passos.

– Vejo-me forçado a pedir que um dos senhores, *messieurs*, me sirva de padrinho. Não trouxe amigos. Fariam essa gentileza?

Ao que o couraceiro caolho respondeu, judicioso:

– Isso não lhe pode ser negado.

O outro veterano observou:

– Ainda assim, é estranho.

– Devido ao estado de espírito da gente nesta parte do país, não havia a quem eu pudesse confiar inteiramente o propósito de sua presença aqui – explicou o general D'Hubert em tom polido.

Ambos saudaram-se, passearam os olhos à volta e comentaram ao mesmo tempo:

– Terreno ruim.

– É inadequado.

– Por que nos preocuparmos com terreno, medidas e coisas assim? Simplifiquemos as coisas. Carreguem os dois pares de pistolas. Ficarei com as do general Féraud e deixarei que fique com as minhas. Ou, melhor ainda, misturaremos as pistolas. Uma de cada par. Entraremos na floresta e atiraremos tão logo nos avistarmos, enquanto os senhores permanecerão do lado de fora. Não viemos aqui para cerimônias, mas para a guerra – guerra até a morte. Se eu tombar, devem me deixar onde estiver e desaparecer. Não seria nada saudável se os encontrassem por aqui depois disso.

Ao cabo de uma breve negociação, o general Féraud mostrou-se disposto a aceitar essas condições. Enquanto os padrinhos carregavam as pistolas, foi possível ouvi-lo assobiar e vê-lo esfregar as mãos com a mais absoluta satisfação. Livrou-se energicamente de seu casaco, enquanto o general D'Hubert despiu-se do seu, dobrando-o com cuidado sobre uma pedra.

– Digamos que o senhor conduza seu apadrinhado até o outro lado da floresta e que o deixe entrar em exatos dez minutos, a contar de agora – sugeriu o general D'Hubert tranqüilamente, mas com a sensação de que fornecia instruções para a própria execução. Esse, contudo, foi seu último momento de fraqueza. – Esperem. Primeiro comparemos nossos relógios.

Retirou o seu. O oficial com o nariz lascado foi até o general Féraud pedir-lhe emprestado o relógio. Por alguns instantes, com as cabeças inclinadas sobre os mostradores, confrontaram a posição das agulhas.

– Muito bem. Quatro para as seis pelo seu. Sete pelo meu.

Foi o couraceiro quem permaneceu ao lado do general D'Hubert, mantendo seu único olho resolutamente fixo na face transparente do relógio que sustinha na palma da mão. Abriu a boca à espera da batida do último segundo, muito antes de pronunciar a palavra "*Avancez*"[23].

O general D'Hubert avançou, passando do fulgurante resplendor do sol da manhã provençal à sombra fresca e aromática dos pinheiros. O terreno estava livre entre os profusos troncos avermelhados que, inclinados em ângulos ligeiramente diferentes, a princípio lhe confundiram a visão. Era como entrar na batalha. A confiança em si mesmo, virtude que governava suas ações, despertou-lhe no peito. Estava inteiramente dedicado ao seu caso. O problema agora era como matar o adversário. Nada menos o libertaria desse pesadelo imbecil. "De nada adiantará ferir esse brutamontes", pensou o general D'Hubert. Era conhecido como um oficial engenhoso. Há alguns anos, os companheiros costumavam chamá-lo de "O Estrategista". E era fato que conseguia raciocinar na presença do inimigo. Féraud, por sua parte, nunca passara de um mero combatente – mas, infelizmente, com excelente pontaria.

– Preciso atrair seu disparo à maior distância possível – disse o general D'Hubert para si.

Nesse instante, divisou ao longe um vulto branco movendo-se entre as árvores – a camisa de seu adversário. Ato contínuo, saiu dentre os troncos, expondo-se por inteiro; então, rápido como um relâmpago, saltou para trás. Fora uma manobra arriscada, mas exitosa em seu objetivo. Quase ao mesmo tempo em que se ouviu o estampido de um disparo, uma pequena lasca de árvore arrancada pelo projétil feriu dolorosamente sua orelha.

23. Avançar. (N.T.)

O general Féraud, tendo desperdiçado um tiro, passou a ser mais cauteloso. De tocaia atrás de uma árvore, o general D'Hubert não podia enxergá-lo. Essa ignorância do paradeiro do inimigo trazia consigo uma sensação de insegurança. O general D'Hubert sentia-se abominavelmente exposto pelos flancos e em sua retaguarda. Uma vez mais, algo branco esvoaçou em seu raio visual. Ah! Então o inimigo ainda estava à sua frente. Temia ser surpreendido pelas costas. Porém, ao que parecia, o general Féraud não pensava nisso. D'Hubert viu-o passar, sem muita pressa, de uma árvore para outra, aproximando-se em linha reta. Com grande resolução mental, o general D'Hubert conteve sua mão. O alvo ainda se achava demasiado longe. Sabia que não era exímio atirador. Em seu jogo era necessário ter paciência – paciência para matar.

Desejando tirar proveito da maior espessura do tronco, deitou-se no solo. Estendido ao comprido, a cabeça voltada para o inimigo, tinha toda a sua figura inteiramente protegida. Expor-se agora seria uma medida pouco conveniente, já que, a essa altura, o outro deveria estar bastante próximo. A convicção de que Féraud estava prestes a fazer algo imprudente era como um bálsamo para a alma do general D'Hubert. Mas manter o queixo soerguido acima do solo era um tanto aborrecido e também pouco proveitoso. Lançou uma espreitadela em torno, expondo uma fração de sua cabeça com grande pavor, mas na verdade com pouco risco. O inimigo, com efeito, não esperava vê-lo tão perto do chão. O general D'Hubert teve uma visão fugaz do general Féraud deslocando-se novamente por entre as árvores com despreocupada cautela. "Ele despreza minha pontaria", pensou, revelando aquela capacidade de compreender a mente do antagonista, tão valiosa para se vencer as batalhas. Reforçou sua crença na tática da imobilidade. "Se pelo menos pudesse vigiar frente e retaguarda ao mesmo tempo", pensou com ansiedade, almejando o impossível.

Foi necessária certa firmeza moral para que depusesse suas pistolas no chão; contudo, em um impulso repentino, o general D'Hubert o fez muito suavemente – uma de cada lado seu. No exército, por ter o hábito de se barbear e envergar uma camisa limpa nos dias de batalha, era visto como uma espécie de dândi. Na realidade, sempre fora muito cuidadoso com sua aparência pessoal. Em um homem de quarenta anos, apaixonado por uma bela e encantadora jovem, essa louvável manifestação de amor-próprio pode conduzir a pequenas fraquezas como, por exemplo, a de prover-se com um pequeno e elegante estojo de couro contendo um pente de marfim e um espelhinho na parte externa. Com as mãos livres, o general D'Hubert apalpou os bolsos das calças à procura desse inocente utensílio da vaidade, perdoável no detentor de tão longos e sedosos bigodes. Puxou-o para fora e, em seguida, com a máxima frieza e diligência, virou-se de costas para baixo. Nessa nova posição, a cabeça um tanto erguida, sustendo o pequeno espelho lateralmente à sua árvore, mirava-o de soslaio com o olho esquerdo, enquanto o direito mantinha vigília direta sobre sua retaguarda. Comprovava-se, assim, um famoso dito de Napoleão: "Para um soldado francês, não existe a palavra 'impossível'". A árvore que abrigava Féraud preenchia praticamente todo o campo visual de seu pequeno espelho. "Se ele sair dali detrás", refletiu com satisfação, "serei obrigado a ver suas pernas. Em todo caso, não poderá me atacar de surpresa".

E, certo como a morte, viu as botas do general Féraud aparecerem e sumirem em um átimo, eclipsando por um instante tudo o mais refletido em seu pequeno espelho. Em resposta a isso, trocou a posição em que se achava. Todavia, ao ter de avaliar a mudança de seu adversário dessa visão indireta, não percebeu que agora seus pés e parte de suas pernas estavam perfeitamente à vista do general Féraud.

O general Féraud ficava cada vez mais impressionado com a assombrosa destreza com que seu inimigo mantinha-se escondido. Mirara a árvore certa com uma precisão sanguinária. Estava absolutamente seguro quanto a isso. E, no entanto, não pudera vislumbrar sequer uma ponta de orelha. Como visava uma altura de cerca de um metro e oitenta, não era de espantar que isso tivesse ocorrido – embora a coisa parecesse bastante espantosa para o general Féraud.

À primeira visão desses pés e pernas, o sangue afluiu-lhe à cabeça. Literalmente cambaleou atrás de sua árvore, tendo de nela se apoiar com a mão. Então o outro estava deitado no chão! No chão! E perfeitamente imóvel! Exposto! O que significaria isso?... A idéia de que abatera o adversário no primeiro disparo invadiu a mente do general Féraud. Uma vez lá, avolumava-se a cada escrutar, eclipsando todas as outras suposições – irresistível, triunfante, feroz.

– Tolice a minha pensar que talvez pudesse ter errado – murmurou de si para si. – Expôs-se *en plein*[24] – o imbecil! – por um bom par de segundos.

O general Féraud fitava as pernas inertes, os últimos vestígios de surpresa desvanecendo ante a admiração sem limites por sua letal habilidade com a pistola.

"Bateu as botas! Pelo deus da guerra, que tiro!", exultou mentalmente. "Atravessou a cabeça, sem dúvida, justo onde mirei; cambaleou atrás daquela árvore, rolou de costas e morreu."

E como fitava! Fitava com os olhos arregalados, esquecendo-se de avançar, quase extasiado, quase arrependido. Mas nada nesse mundo o teria feito voltar atrás. Que tiro! Que tiro! Rolou de costas e morreu!

Pois era essa posição indefesa, prostrado de costas, que clamava sua evidência direta ao general Féraud! Jamais lhe ocorreu que pudesse ter sido deliberadamente simulada por um homem vivo. Era inconcebível. Estava além do alcance de toda e qualquer suposição razoável. Não havia a menor possibilidade de se aventar uma razão para tal. Ademais, é preciso ser dito que os pés do general D'Hubert virados para cima pareciam genuinamente mortos. O general Féraud encheu os pulmões para lançar um chamado estentóreo aos padrinhos, mas, pelo que julgou um excesso de escrúpulo, refreou seu impulso por um momento.

– Primeiro me certificarei de que ainda respira – murmurou de si para si, abandonando com imprudência o resguardo de sua árvore.

---

24. A pleno, abertamente. (N.T.)

Esse movimento foi imediatamente percebido pelo astucioso general D'Hubert. Concluiu que se tratava de uma nova mudança de posição; porém, tão logo as botas inimigas desapareceram do raio visual de seu espelho, inquietou-se. O general Féraud dera apenas um pequeno passo fora da linha sobre a qual se aproximava, mas seu adversário não poderia imaginar que avançava com perfeita despreocupação. Conjecturando o que teria acontecido com o outro, o general D'Hubert foi apanhado tão completamente de surpresa que o primeiro sinal de perigo consistiu na longa sombra matinal do inimigo incidindo de través sobre suas pernas esticadas. Não ouvira o ruído de um único passo sobre o terreno macio entre as árvores!

Era demais, mesmo para o seu sangue-frio. Ergueu-se com um pulo, irrefletidamente, deixando as pistolas no chão. O instinto irresistível de todo e qualquer homem (a menos que paralisado pelo embaraço) teria sido o de se abaixar em busca de suas armas, expondo-se assim ao risco de ser abatido nessa posição. O instinto, naturalmente, é irrefletido. Por definição. Mas valeria a pena investigar se nos homens dados à reflexão os estímulos mecânicos do instinto não são afetados pelo modo habitual de pensar. Em seus anos de juventude, Armand D'Hubert, o promissor oficial afeito à reflexão, havia emitido a opinião de que na guerra "jamais se deve tentar corrigir um erro". Essa idéia, defendida e amadurecida em muitas discussões, acomodara-se em seu cérebro como uma das noções a que recorria amiúde e tornara-se parte de sua individualidade mental. Fosse porque se tinha arraigado tão profundamente a ponto de afetar os ditames de seu instinto, fosse pelo simples fato de que, como ele próprio mais tarde declararia, estava "amedrontado demais para se lembrar das malditas pistolas", a verdade é que o general D'Hubert em nenhum momento se aventurou a apanhá-las. Antes de tentar corrigir seu erro, agarrou-se com ambas as mãos ao áspero tronco e girou em torno dele com tamanha impetuosidade que, contornando-o no momento exato do clarão e do estampido do disparo da pistola, reapareceu do outro lado da árvore, face a face com o general Féraud. Este, inteiramente abalado por tamanha exibição de agilidade da parte de um homem morto, ainda estremecia. Uma tênue nuvem de fumaça pairava diante de seu rosto, que apresentava um aspecto extraordinário, como se a mandíbula estivesse desconjuntada.

– Não errei! – crocitou com uma voz rouca, vinda das profundezas de sua garganta seca.

Esse sinistro ruído desfez o feitiço que embotava os sentidos do general D'Hubert.

– Sim, errou, *a bout portant*[25] – ouviu a si próprio dizer, antes mesmo de reaver o perfeito domínio de suas faculdades. A súbita revolução de seus sentimentos foi acompanhada por um transporte de fúria homicida, retomando em sua violência o ressentimento acumulado por toda uma vida. Durante muitos anos, o general D'Hubert sentira-se exasperado e humilhado pelo absurdo atroz que lhe havia imposto o capricho selvagem desse homem. Ademais, nessa última ocasião, mostrara-se demasiado relutante em confrontar a morte

25. À queima-roupa. (N.T.)

para que a reação de sua angústia não assumisse a forma de um desejo de matar. – E ainda me restam dois tiros – acrescentou impiedoso.

O general Féraud trincou os dentes, e seu rosto assumiu uma expressão impávida e colérica.

– Vá em frente! – disse, fechando a carranca.

Essas teriam sido suas últimas palavras se o general D'Hubert tivesse suas pistolas nas mãos. Mas as pistolas jaziam no solo ao pé de um pinheiro. D'Hubert teve um segundo de tempo necessário para lembrar que temera a morte não como homem, mas como amante; não como uma ameaça à vida, mas como um obstáculo ao matrimônio. E eis que ali estava o rival batido! – inapelavelmente batido, esmagado, liquidado!

Apanhou as armas com um gesto mecânico e, em vez de descarregá-las contra o peito do general Féraud, deu voz aos sentimentos mais elevados que habitavam sua mente:

– A partir de agora, não travará mais duelos.

Seu tom de sossegada e inefável satisfação foi demais para o estoicismo do general Féraud.

– Então não faça rodeios, seu maldito engomadinho com sangue de barata – rugiu de modo abrupto, conservando o rosto impassível ereto sobre um corpo rigidamente imóvel.

O general D'Hubert desengatilhou as pistolas cuidadosamente. Esse procedimento foi observado com sentimentos conflitantes pelo outro general.

– Por duas vezes errou o alvo – disse com frieza o vencedor, passando ambas as pistolas para uma das mãos. – Da última vez, a um metro de distância, mais ou menos. Conforme todas as regras do duelo, sua vida me pertence. Isso não quer dizer que eu queira tirá-la agora.

– Sua clemência de nada me adianta – murmurou o general Féraud, em um tom soturno.

– Permita-me ressaltar que isso não é de minha conta – disse o general D'Hubert, de quem cada palavra era ditada por uma consumada delicadeza de sentimentos. Em um acesso de cólera, teria dado cabo daquele homem, mas, a sangue-frio, rechaçava a idéia de humilhar com uma ostentação de generosidade essa criatura irracional – um companheiro de armas da *Grand Armée*[26], parceiro nas maravilhas e nos terrores da grande epopéia militar.

– Imagino que não tenha a pretensão de ditar o que devo fazer com aquilo que me pertence.

O general Féraud olhou sobressaltado, e o outro continuou:

– Você me obrigou, por uma questão de honra, a manter minha vida à sua disposição, por assim dizer, durante quinze anos. Muito bem. Agora que o caso foi resolvido a meu favor, seguindo o mesmo princípio, farei com sua vida aquilo que bem entender. Terá de mantê-la à minha disposição pelo tempo que me aprouver. Nem mais, nem menos. Manterá sua palavra de honra até nova ordem.

– Manterei! Mas, *sacrebleu*![27] É absurdo que um general do Império deva se submeter a essa situação! – gritou o general Féraud com profunda e consternada

26. O Grande Exército de Napoleão Bonaparte. (N.T.)

27. Santo Deus! (N.T.)

convicção. – Significa que terei de ficar sentado pelo resto da vida com uma pistola carregada na gaveta à espera de sua ordem. É... é estúpido; serei objeto de... de escárnio.

– Absurdo? Estúpido? Acha mesmo? – indagou o general com maliciosa gravidade. – Talvez. Mas não vejo como possa evitá-lo. Em todo caso, não pretendo tornar pública essa aventura. Ninguém mais precisa conhecê-la. Da mesma forma que ninguém até hoje, creio eu, conhece a origem de nossa rixa... Nem mais uma palavra – ajuntou de forma impaciente. – Simplesmente não posso discutir essa questão com um homem que, até onde sei, não existe.

Quando os dois duelistas saíram ao ar livre, o general Féraud andando um pouco atrás e com o aspecto de alguém que caminhasse em transe, os dois padrinhos precipitaram-se até eles, cada qual a partir de sua posição à margem da floresta. O general D'Hubert dirigiu-se a eles, falando em voz alta e clara:

– *Messieurs*, faço questão de declarar-lhes solenemente, na presença do general Féraud, que, por fim, nossa diferença foi para sempre resolvida. Podem comunicar a todos o acontecimento.

– Uma reconciliação, afinal! – exclamaram juntos.

– Reconciliação? Não exatamente. É algo de natureza muito mais compulsória. Não é mesmo, general?

O general Féraud limitou-se a baixar a cabeça em sinal de aquiescência. Os dois veteranos entreolharam-se. Mais tarde naquele dia, quando se viram a sós e fora do alcance dos ouvidos de seu taciturno amigo, o couraceiro comentou de repente:

– De modo geral, posso ver com meu único olho tanto quanto a maioria das pessoas. Dessa vez, no entanto, dou-me por vencido. Ele não dirá nada.

– Nesse duelo acredito que, do início ao fim, sempre houve algo que ninguém no exército jamais conseguiu decifrar – declarou o *chasseur*[28] com o nariz defeituoso. – Em mistério começou, em mistério continuou e, ao que parece, em mistério terminará.

O general D'Hubert voltou para casa a passos largos e apressados, de modo algum enaltecido pela sensação de triunfo. Saíra vitorioso e, contudo, tinha a impressão de que não lucrara muito com sua vitória. Na noite anterior, lamentara ter de arriscar uma vida que lhe parecia magnífica, digna de ser preservada, em nome da oportunidade de conquistar o amor de uma jovem. Experimentara momentos em que, por força de uma maravilhosa ilusão, esse amor parecia já lhe pertencer, e a vida ameaçada, uma oportunidade ainda mais magnífica de devoção. Agora que estava salva, perdera de súbito sua especial magnificência. Em contrapartida, adquirira o aspecto particularmente alarmante de uma cilada preparada para expor a própria indignidade. Quanto à maravilhosa ilusão do amor conquistado que o visitara por alguns instantes em meio à agitada vigília da noite – noite que bem poderia ter sido sua última na Terra –, ele compreendia agora a sua verdadeira natureza. Não havia sido mais que o paroxismo de sua vaidade delirante. De modo que para esse homem, tornado sóbrio pelo desfecho vitorioso de

---

28. Ver nota 13. (N.T.)

um duelo, a vida afigurava-se despojada de seu encanto simplesmente por já não estar ameaçada.

Ao se aproximar da casa pelos fundos, cruzando o pomar e o jardim de verduras, não pôde notar a agitação que reinava na parte da frente. Não encontrara vivalma. Somente ao avançar a passos suaves pelo corredor, percebeu que todos estavam despertos e que a residência parecia mais barulhenta que de costume. No andar de baixo, nomes de criados eram invocados em meio ao rumor confuso do vaivém humano. Com certa inquietação, reparou que a porta de seu quarto estava entreaberta, apesar das venezianas ainda cerradas. Desejara que sua excursão matinal tivesse passado despercebida. Esperava encontrar algum criado que tivesse acabado de entrar; porém, os raios de sol que se infiltravam pelas frestas habituais permitiram-lhe divisar, estendido sobre o baixo divã, algo volumoso cujo aspecto afigurava-lhe duas mulheres envoltas nos braços uma da outra. Murmúrios desolados e lacrimosos emanavam misteriosamente desse vulto. O general D'Hubert escancarou com violência as venezianas mais próximas. Uma das mulheres ergueu-se, então, em um pulo. Era sua irmã. Conservou-se imóvel por um momento, os cabelos soltos e os braços erguidos acima da cabeça, e então, com um grito sufocado, precipitou-se em seus braços. O irmão devolveu-lhe o abraço, procurando ao mesmo tempo desvencilhar-se. A outra mulher não se havia levantado. Parecia, ao contrário, ainda mais aferrada ao divã, ocultando o rosto entre as almofadas. Seus cabelos, admiravelmente radiantes, também estavam soltos. Ao reconhecê-los, o general

D'Hubert cambaleou de emoção. Mademoiselle de Valmassigue! Adèle! Aflita!

Profundamente alarmado, livrou-se em definitivo do abraço da irmã. Madame Leonie estendeu então seu formoso braço nu para fora do penhoar, apontando dramaticamente para o divã.

– Esta pobre criança correu apavorada de sua casa até aqui, a pé, por mais de três quilômetros, sem se deter um instante.

– Santo Deus, que foi que aconteceu? – perguntou o general D'Hubert com uma voz baixa e agitada.

Mas Madame Leonie exclamava.

– Ela tocou o grande sino do portão, acordando a casa inteira – ainda dormíamos. Imagine qual não foi o terrível choque que... Adèle, meu bem, sente-se.

A expressão do general D'Hubert não era exatamente a de um homem que "imagina" com facilidade. Contudo, do caos de suas conjecturas extraiu a tese de que sua futura sogra havia morrido de repente, mas apenas para descartá-la no instante seguinte. Não lhe era possível conceber a natureza do acontecimento ou da catástrofe que levaria Mademoiselle de Valmassigue, vivendo em uma casa repleta de criados, a encarregar-se de trazer a notícia pessoalmente, por mais de três quilômetros, correndo o trajeto inteiro.

– Mas o que é que vocês fazem neste quarto? – sussurrou ele, tomado de espanto.

– É claro, subi até aqui para ver o que havia, e essa criança... não me dei conta... ela me seguiu. É coisa daquele ridículo Chevalier – prosseguiu Madame

Leonie, os olhos fixos no divã. – Seu cabelo está todo desarrumado. Imagine que antes de sair porta afora ela nem sequer esperou que a criada viesse penteá-lo... Adèle, meu bem, sente-se... O velho revelou-lhe tudo às cinco e meia desta manhã. Tendo acordado cedo, ela abriu as venezianas para respirar o ar fresco e deparou com o tio desmaiado sobre o banco do jardim no fim da grande aléia. Àquela hora – imagine! E na noite anterior declarara estar indisposto. Ela se vestiu às pressas e correu até ele. Por muito menos qualquer um se afligiria. Ela a ama, mas não de um modo muito inteligente. Passara acordado a noite toda, vestido dos pés à cabeça... Pobre velho, completamente exausto. Não estava em condições de inventar uma história plausível... Que belo confidente você foi escolher! Meu marido estava furioso. Ele disse: "Não podemos interferir agora". Então sentamos e esperamos. Foi terrível. E essa pobre criança correndo até aqui com os cabelos desgrenhados, à vista de qualquer um! Algumas pessoas a viram pelos campos. Acordou toda a criadagem também. É constrangedor para ela. Ainda bem que vocês se casarão na próxima semana... Adèle, sente-se. Ele voltou para casa pelas próprias pernas... Esperávamos vê-lo chegar numa maca talvez – que sei eu? Vá ver se a carruagem está pronta. Tenho de levar essa criança para casa o quanto antes. Não convém que permaneça aqui nem mais um minuto.

O general D'Hubert não se moveu. Era como se não tivesse ouvido uma única palavra. Madame Leonie mudou de idéia.

– Deixe que eu mesma vou ver – exclamou. – Lembrei que também preciso buscar meu manto... Adèle – recomeçou, mas sem acrescentar o "sente-se".

Retirou-se dizendo com a voz plena e jovial:

– Deixarei a porta aberta.

O general D'Hubert fez menção de se aproximar do divã, mas então Adèle sentou-se e isso o deteve. "Não me lavei esta manhã", pensou ele. "Devo ter o aspecto de um velho mendigo. Há terra nas costas do meu casaco e agulhas de pinheiro em meus cabelos." Ocorreu-lhe então que a situação exigia uma boa dose de circunspecção de sua parte.

– Estou profundamente preocupado, *mademoiselle* – começou, em tom vago, logo abandonando essa linha.

Estava sentada sobre o divã, com as faces mais rosadas que de costume e os cabelos, de um dourado rutilante, caídos sobre os ombros – espetáculo um tanto insólito para o general D'Hubert. Afastou-se pelo quarto e, olhando através de uma janela a fim de se recompor, disse em tom de sincero desespero:

– Temo que pense que procedi como um louco.

Em seguida, girou sobre os calcanhares e notou que ela o seguira com os olhos. Não se haviam intimidado ao encontro dos seus. E a expressão do rosto da amada também era nova para ele. Estava, se poderia dizer, transformada. Os olhos o contemplavam com grave atenção, enquanto as delicadas linhas de sua boca pareciam sugerir um sorriso contido. Essa transformação tornou sua beleza transcendental muito menos misteriosa, muito mais acessível à compreensão de um homem. Uma surpreendente paz de espírito – até mesmo certa desenvoltura – apoderou-se do general. Caminhava pelo aposento com a mesma excitação prazerosa que teria experimentado ao avançar contra uma bateria que vomitasse morte, fogo e fumaça; então, deteve o passo e pousou os olhos sorridentes na jovem cujo casamento com ele (na semana seguinte) fora tão meticulosamente planejado pela sábia, virtuosa, admirável Leonie.

– Ah! *Mademoiselle* – disse ele em tom de cortês pesar –, se ao menos pudesse me certificar de que não acorreu até aqui esta manhã, três quilômetros a pé, simplesmente por amor à sua mãe!

Imperturbável, mas no íntimo eufórico, aguardou a resposta. E ela veio em um recatado murmúrio, os cílios descendo com um efeito fascinante.

– Não é preciso que o senhor seja tão *méchant*[29] quanto louco.

Eis que então o general D'Hubert arremessou-se na direção do divã, com um impulso agressivo que nada poderia deter. Essa peça de mobília não se achava exatamente em linha com a porta aberta. Ainda assim, Madame Leonie, ao regressar envolta num manto branco e trazendo sobre o braço um xale de renda para que Adèle pudesse esconder os cabelos incriminadores, teve a fugaz impressão de que o irmão ajoelhado punha-se de pé.

– Vamos, meu bem – gritou ela, junto à porta.

O general, já plenamente de volta a si, mostrou a presteza de um engenhoso oficial de cavalaria e a peremptoriedade de um líder de homens.

29. Maldoso. (N.T.)

– Não espera que ela caminhe até a carruagem – disse ele com indignação. – Não está em condições de fazê-lo. Vou levá-la em meus braços.

Fê-lo lentamente, seguido por sua estupefata e reverente irmã; contudo, impetuoso como um furacão, correu de volta para despir-se dos vestígios da noite de angústia e da manhã de batalha e para envergar os trajes festivos de conquistador antes de se despachar para a outra casa. Não fosse por isso, o general D'Hubert se sentiria capaz de montar um cavalo e perseguir seu velho adversário com o simples propósito de abraçá-lo pelo excesso de felicidade que lhe proporcionava. "Devo tudo isso àquele estúpido brutamontes", pensou. "Ele tornou claro em uma única manhã o que eu poderia levar anos para descobrir – tolo tímido que sou. Nenhuma autoconfiança. Um perfeito covarde. E o Chevalier! Velho adorável!" O general D'Hubert também ansiava por abraçá-lo.

Mas o Chevalier estava de cama. Há vários dias sentia-se bastante indisposto. Os homens do Império e as jovens senhoras da era pós-revolucionária eram demais para ele. Recobrou as forças às vésperas da cerimônia de casamento e, curioso por natureza, chamou a sobrinha à parte para uma conversa reservada. Aconselhou-a a tentar arrancar do marido a verdadeira história daquele duelo, cujas razões, tão imperativas e tão persistentes, deixaram-na à beira da tragédia.

– É justo que a esposa saiba. Aliás, dentro de mais ou menos um mês, será tempo de saber dele tudo o que quiser, minha cara menina.

Tempos depois, quando o casal foi visitar a mãe da noiva, Madame la Générale D'Hubert comunicou a seu adorado tio a verdadeira história, que obtivera do marido sem a menor dificuldade.

O Chevalier ouviu-a até o final com profunda atenção, tomou uma pitada de rapé, piparoteou os grãos de tabaco sobre o peitilho de sua camisa e perguntou calmamente:

– E isso foi tudo?

– Sim, tio – replicou Madame la Générale, arregalando os lindos olhos. – Não é engraçado? *C'est insensé*[30] pensar nas extravagâncias de que os homens são capazes!

– Hum! – comentou o velho *émigré*. – Depende da espécie de homem. Aqueles soldados de Bonaparte eram uns selvagens. É *insensé*. Na qualidade de esposa, minha cara, deve crer piamente no que lhe disser seu marido.

Mas ao marido de Leonie o Chevalier confiou sua verdadeira opinião.

– Se essa é a história que o amigo inventou para a própria esposa, em plena lua-de-mel, pode estar certo de que ninguém jamais saberá o segredo desse caso.

Passado um longo tempo, o general D'Hubert julgou chegada a hora, e a oportunidade propícia, de escrever uma carta ao general Féraud. Essa carta começava pelo repúdio a toda e qualquer animosidade. "Jamais", escreveu o general Baron D'Hubert, "desejei sua morte durante todos esses anos que durou nossa deplorável disputa. Permita-me", prosseguiu, "restituir-lhe formalmente a vida confiscada. Convém que

30. É insensato. (N.T.)

ambos, que tantas glórias militares partilhamos, tratemo-nos com cordialidade à vista de todos."

A mesma carta também continha um item de informação doméstica. Foi precisamente em relação a isso que o general Féraud respondeu de um pequeno vilarejo situado às margens de Garonne, com as seguintes palavras:

– Se o nome de um de seus filhos tivesse sido Napoleão – Joseph – ou mesmo Joachim, poderia felicitá-lo de peito aberto pelo acontecimento. No entanto, como julgou por bem dar-lhe o nome de Charles Henri Armand, reforcei minha convicção de que jamais amou o imperador. A visão desse herói sublime acorrentado a uma rocha no meio de um oceano selvagem torna a vida tão desprezível que eu receberia com verdadeira alegria sua ordem para explodir meus miolos. Do suicídio considero-me privado por uma questão de honra. Mas mantenho uma pistola carregada em minha gaveta.

Depois de ler atentamente a resposta, Madame la Générale D'Hubert ergueu as mãos, em um gesto de desespero.

– Está vendo? Ele não irá se reconciliar – disse seu marido. – Jamais, por motivo nenhum, devemos permitir que sequer imagine de onde vem o dinheiro. Seria inútil. Ele não suportaria.

– Você é um *brave homme*, Armand – disse Madame la Générale com orgulho.

– Minha querida, eu tinha todo o direito de explodir-lhe os miolos; mas, como não o fiz, não podemos deixar que morra de fome. Ele perdeu sua pensão e está absolutamente incapacitado de fazer o que quer que seja para o próprio sustento. Devemos tomar conta dele, em segredo, até o fim de seus dias. Pois não lhe devo o momento mais arrebatador de minha vida? Ha! Ha! Ha! Pelos campos, mais de três quilômetros, correndo todo o trajeto! Não podia acreditar em meus próprios ouvidos!... Não fosse pela estúpida ferocidade desse brutamontes, levaria anos para decifrá-la. É extraordinário como esse homem, de uma maneira ou de outra, conseguiu ligar-se aos meus mais profundos sentimentos.

Coleção **L&PM** POCKET (LANÇAMENTOS MAIS RECENTES)

13.**Henry & June** – Anaïs Nin
14.**A piscina mortal** – Ross Macdonald
15.**Geraldão (2)** – Glauco
16.**Tempo de delicadeza** – A. R. de Sant'Anna
17.**Tiros na noite 2: Medo de tiro** – Dashiell Hammett
18.**Snoopy em Assim é a vida, Charlie Brown! (3)** – Schulz
19.**1954 – Um tiro no coração** – Hélio Silva
20.**Sobre a inspiração poética (Íon)** e ... – Platão
21.**Garfield e seus amigos (8)** – Jim Davis
22.**Odisséia (3): Ítaca** – Homero
23.**A louca matança** – Chester Himes
24.**Factótum** – Charles Bukowski
25.**Guerra e Paz: volume 1** – Tolstói
26.**Guerra e Paz: volume 2** – Tolstói
27.**Guerra e Paz: volume 3** – Tolstói
28.**Guerra e Paz: volume 4** – Tolstói
29(9).**Shakespeare** – Claude Mourthé
30.**Bem está o que bem acaba** – Shakespeare
31.**O contrato social** – Rousseau
32.**Geração Beat** – Jack Kerouac
33.**Snoopy: É Natal! (4)** – Charles Schulz
34(8).**Testemunha da acusação** – Agatha Christie
35.**Um elefante no caos** – Millôr Fernandes
36.**Guia de leitura (100 autores que você precisa ler)** – Organização de Léa Masina
37.**Pistoleiros também mandam flores** – David Coimbra
38.**O prazer das palavras – vol. 1** – Cláudio Moreno
39.**O prazer das palavras – vol. 2** – Cláudio Moreno
40.**Novíssimo testamento: com Deus e o diabo, a dupla da criação** – Iotti
41.**Literatura Brasileira: modos de usar** – Luís Augusto Fischer
42.**Dicionário de Porto-Alegrês** – Luís A. Fischer
43.**Clô Dias & Noites** – Sérgio Jockymann
44.**Memorial de Isla Negra** – Pablo Neruda
45.**Um homem extraordinário e outras histórias** – Tchekhov
46.**Ana sem terra** – Alcy Cheuiche
47.**Adultérios** – Woody Allen
48.**Para sempre ou nunca mais** – R. Chandler
49.**Nosso homem em Havana** – Graham Greene
50.**Dicionário Caldas Aulete de Bolso**
51.**Snoopy: Posso fazer uma pergunta, professora? (5)** – Charles Schulz
52(10).**Luís XVI** – Bernard Vincent
53.**O mercador de Veneza** – Shakespeare
54.**Cancioneiro** – Fernando Pessoa
55.**Non-Stop** – Martha Medeiros
56.**Carpinteiros, levantem bem alto a cumeeira & Seymour, uma apresentação** – J.D.Salinger
57.**Ensaios céticos** – Bertrand Russell
58.**O melhor de Hagar 5** – Dik Browne
59.**Primeiro amor** – Ivan Turguêniev
60.**A trégua** – Mario Benedetti
61.**Um parque de diversões da cabeça** – Lawrence Ferlinghetti
62.**Aprendendo a viver** – Sêneca
63.**Garfield, um gato em apuros (9)** – Jim Davis
64.**Dilbert 1** – Scott Adams
665.**Dicionário de dificuldades** – Domingos Paschoal Cegalla
666.**A imaginação** – Jean-Paul Sartre
667.**O ladrão e os cães** – Naguib Mahfuz
668.**Gramática do português contemporâneo** – Celso Cunha
669.**A volta do parafuso** *seguido de* **Daisy Miller** – Henry James
670.**Notas do subsolo** – Dostoiévski
671.**Abobrinhas da Brasilônia** – Glauco
672.**Geraldão (3)** – Glauco
673.**Piadas para sempre (3)** – Visconde da Casa Verde
674.**Duas viagens ao Brasil** – Hans Staden
675.**Bandeira de bolso** – Manuel Bandeira
676.**A arte da guerra** – Maquiavel
677.**Além do bem e do mal** – Nietzsche
678.**O coronel Chabert** *seguido de* **A mulher abandonada** – Balzac
679.**O sorriso de marfim** – Ross Macdonald
680.**100 receitas de pescados** – Sílvio Lancellotti
681.**O juiz e o seu carrasco** – Friedrich Dürrenmatt
682.**Noites brancas** – Dostoiévski
683.**Quadras ao gosto popular** – Fernando Pessoa
684.**Romanceiro da Inconfidência** – Cecília Meireles
685.**Kaos** – Millôr Fernandes
686.**A pele de onagro** – Balzac
687.**As ligações perigosas** – Choderlos de Laclos
688.**Dicionário de matemática** – Luiz Fernandes Cardoso
689.**Os Lusíadas** – Luís Vaz de Camões
690(11).**Átila** – Éric Deschodt
691.**Um jeito tranqüilo de matar** – Chester Himes
692.**A felicidade conjugal** *seguido de* **O diabo** – Tolstói
693.**Viagem de um naturalista ao redor do mundo** – vol. 1 – Charles Darwin
694.**Viagem de um naturalista ao redor do mundo** – vol. 2 – Charles Darwin
695.**Memórias da casa dos mortos** – Dostoiévski
696.**A Celestina** – Fernando de Rojas
697.**Snoopy (6)** – Charles Schulz
698.**Dez (quase) amores** – Claudia Tajes
699.**Poirot sempre espera** – Agatha Christie
700.**Cecília de bolso** – Cecília Meireles
701.**Apologia de Sócrates** *precedido de* **Êutifron** e *seguido de* **Críton** – Platão
702.**Wood & Stock** – Angeli
703.**Striptiras (3)** – Laerte
704.**Discurso sobre a origem e os fundamentos da desigualdade entre os homens** – Rousseau
705.**Os duelistas** – Joseph Conrad
706.**Dilbert (2)** – Scott Adams
707.**Viver e escrever (vol.1)** – Edla van Steen
708.**Viver e escrever (vol.2)** – Edla van Steen
709.**Viver e escrever (vol.3)** – Edla van Steen
710.**A teia da aranha** – Agatha Christie
711.**O banquete** – Platão
712.**Os belos e malditos** – F. Scott Fitzgerald
713.**Libelo contra a arte moderna** – Salvador Dalí
714.**Akropolis** – Valerio Massimo Manfredi
715.**Devoradores de mortos** – Michael Crichton
716.**Sob o sol da Toscana** – Frances Mayes